从鸭绿江到奇穷河

一个摄影记者的随军纪实

孔繁根 著

陕西新华出版传媒集团
陕 西 人 民 出 版 社

图书在版编目（CIP）数据

从鸭绿江到奇穷河：一个摄影记者的随军纪实 / 孔繁根著．—西安：陕西人民出版社，2019
ISBN 978-7-224-13183-3

Ⅰ．①从… Ⅱ．①孔… Ⅲ．①纪实文学—中国—当代 Ⅳ．①I25

中国版本图书馆CIP数据核字（2019）第088764号

总 策 划：宋亚萍
策划编辑：刘景巍
责任编辑：管中洑　程诗遥
封面设计：白明娟　佀哲峰

从鸭绿江到奇穷河
——一个摄影记者的随军纪实

作　　者　孔繁根
出版发行　陕西新华出版传媒集团　陕西人民出版社
（西安北大街147号　邮编：710003）
印　　刷　西安市建明工贸有限责任公司
开　　本　787毫米×1092毫米　1/16
印　　张　14.5
插　　页　2
字　　数　160千字
版　　次　2019年6月第1版
印　　次　2019年6月第1次印刷
书　　号　ISBN 978-7-224-13183-3
定　　价　45.00元

目　录

一 我爱祖国的蓝天

1948 年秋天，刚满 18 岁的我进了华北军区政治部画报社学习战地摄影采访。学习尚未结束，根据当时战场形势的需要，我即被分配至华北军区 7 纵队工作，从事战地摄影和宣传。

1950 年春，解放军在全军选拔飞行学员，我毅然报了名。检查身体初步合格，我喜出望外，但是到了北京却被刷下来了。我只能住在北京的空军招待所，闷闷不乐，等待分配工作。这时我偶遇中学同学余恒。他原是学习维修飞机的地勤工作人员，后被调到长春空军第二航空学校给政治委员李世安当秘书。他对我说，身体不合格是不能当飞行员的，打消上天的念头吧。他希望我跟他一同去南京，那里正在组建空军第一支野战飞行部队，正缺少干部。他说我可以继续干老本行，当随军摄影记者，这样既能发挥自己专业特长，又不离开空军，还可以到江南一游，见见祖国的大好河山。随后，他把我介绍给李世安政委。李政委表示欢迎我去，并向空军政治部打了个电话，组织部门立即为我办理了分配调动手续。这样，我即正式转入了年轻的人民空军。

中国人民解放军空军第4混成旅于1950年6月19日在南京正式成立，它是在陆军的基础上建立起来的，对外番号为“太平洋部队”。华东军区空军司令员聂凤智兼任旅长，李世安任政治委员，刘善本等为副旅长。旅部机关以第3野战军第30军第90师师部为基础组建，该部队原来在苏、浙一带打游击，老同志很多。不久，第4混成旅旅部由南京转移到上海龙华机场，任务是接替苏联空防部队保卫上海，同时接收苏联移交给我国的防空武器装备，主要是飞机、高射炮、雷达，以及汽车等。当时第4混成旅是解放军唯一的一支机动航空兵部队，全国能作战的飞机几乎全都集中到这里来了，机型五花八门。有歼击机、强击机，还有轰炸机；有喷气式的，也有螺旋桨式的；有单翼飞机，也有双翼飞机。机种繁多，新旧混杂不一，唤作“混成旅”名副其实。混成旅下属3个团。第10团装备的飞机有苏联喷气式歼击机米格–15，有螺旋桨式飞机拉–9、雅克–17。第11团是螺旋桨战斗机，其中拉–11装备三门23毫米机关炮，射出的炮弹从旋转的三只螺旋桨叶片缝隙中穿过，听上去很神奇，感觉有些不可思议。第12团装备的是苏联的杜–2轰炸机。当时旅里规定，凡是从苏军手中接管的飞机只许观看，不许拍照片。虽然不能发挥我的专长进行拍照，但我看到这些飞机，心里还是美滋滋的，毕竟它们是我们的武器装备了。

新建的混成旅机关人员都是来自陆军部队，起初对航空兵业务一窍不通，对接收苏联飞机和培训人员有畏难情绪。华东军区司令员陈毅视察空军混成旅部队之后，在空军司令员兼混成旅旅长聂凤智、空军副司令员常乾坤陪同下到南京旅部礼堂给干部们训话，要求每个干部、共产党员，要从思想上转变观念，由陆军专家变成空军专家；要刻苦认真地学习、训练，由外行成为内行。我们必须建设一支强大的空军，不再受帝国主义来自空中的欺侮，不再怕国民党飞机来上海轰炸，因为我们的空军会将他们打下来。当时我对他的训话印象最深刻的一句话是："你们当空军现在思想不通，我就是来给你们搞通思想的。"陈老总心直口快，经常语出惊人。这次训话，对由陆军转换为空军军种的同志，起到了醍醐灌顶的良好作用。从此，很多同志开始安心工作，全心全意地投入新的工作岗位当中。当时大家在国内战争或抗日战争中，都挨过敌人飞机的轰炸扫射，记忆犹新，所以想到要建立我们自己的空军，这个思想转变还是很快的。特别是 1950 年 2 月 6 日，国民党出动美国制造的 12 架 B–24 型轰炸机、2 架 B–25 型轰炸机，以及 3 架战斗机，共计 17 架飞机，轮番轰炸上海电力公司、沪南和闸北水电公司等工厂，投弹 60 余颗，炸毁房屋 2000 多间，死伤居民 1400 余人，使上海的发电量减少了 97%，造成了巨大的经济损失。上海变成了一座黑暗城市，大部分工厂被迫停产。面对眼前这一严峻的形势，保卫新中国的沿海地区城市上空就成为当务之急，新中国必须迅速建立起自己的空军。敌人来飞机，我们必须也有飞机迎击。

然而，远东地区的国际形势突发巨变。1950 年 6 月 25 日，朝鲜战争爆发，美国政府立即派兵进行武装干涉，同时派遣海军第 7 舰队入侵台湾海峡。各种军事力量向太平洋西岸的远东地区集结，刚刚组建的我空军第 4 混成旅也面临严峻国际局势的挑战。在当时指战员的思想里，他们既肩负着国土防空任务，又要抵抗强敌可能对中国的入侵。

1950 年 10 月，第 4 混成旅指挥机关携第 10 团奉命移防东北辽东半岛地区，并且改编为空军第 4 驱逐机师（不久后改称歼击机师），在辽阳接收苏联空军的一个米格歼击机师的装备，对外部队番号仍称中国人民解放军太平洋部队，准备参加抗美援朝对美军作战。新成立的空军第 4 师只有两个团编制，每团三个飞行大队（每大队 10 架飞机）和一个供应大队，全师仅 60 架米格 –15 飞机。方子翼为师长，李世安为政委，副师长袁彬，参谋长王香雄，政治部主任谢锡玉。机关干部们窃窃私语：“我们是第一支组建的航空兵部队，怎么不叫第 1 师呢？”政委李世安说：“这是刘亚楼司令员的主意，如果称第 1 师，就容易产生老子天下第一的骄傲思想。今后部队多了，哪支部队打得好，就把第 1 师的番号荣誉授给谁，我们只能用战斗胜利的表现争取第 1 师的番号啊。”

11 月 30 日，中国人民解放军总司令朱德在空军司令员刘亚楼陪同下，冒着严寒乘坐专用列车来辽阳视察，为准备率先出征的空 4 师 10 团 28 大队送行。当时，我与 10 团 28 大队政治委员贾健合作写了一篇报道《准备迎接光荣任务》，刊登在军委空军政治部主办的《人民空军》杂志上。为了保密起见，通讯报道并未阐明空军要出国作战，只提及太平洋部队全体指战员，积极准备投入战斗，坚决克服一切困难，保证完成空战任务，争取为空军首战立功。文章重点描述为了迎接新任务，28 大队飞行员们忙着画地图，熟悉地形，天天研究讨论敌情，识别敌机特点，学习苏联空军的作战经验、战斗编队飞行和战术动作，全面掌握空战要领。师领导要求飞行员们要把飞机操纵得像自己的四肢一样运用自如。训练中还进行了多次摄影打靶，实弹射击，全大队的成绩优良。地勤人员在零下 30 多摄氏度的严寒天气中，在辽阔无垠的野战机场上，冒着凛冽刺骨的北风，认真细心地检查和维护战机，有的机械员手冻得发炎、肿胀、化脓，仍然坚持工作。机关工作人员紧张地熟悉自己的本职业务，而且还和空、地勤人员一样抓紧时事学习，明确战争观念，加强战斗意志，下定决心，抗美援朝，保家卫国。28 大队全体指战员一致表示，要在执行新任务中发挥一切力量与智慧，争取立功，争取入党入团。每个人都自觉自愿纷纷向上级写保证书，坚决完成上级交给的任何艰巨任务，初战必胜。我们的文章见报以后，全师指战员受到极大鼓舞，抗美援朝、保家卫国的热情进一步高涨，全师投入了紧张的备战工作中，全力以赴迎战强敌。

1950 年 12 月 21 日，方子翼师长、李世安师政委率领 10 团 28 大队进驻前线基地安东浪头机场。领导批准我随行，但是政治部领导专门向我下达指示：“不许照相，绝对不能拍摄苏联空军人员，我军参战飞行员的活动也不许拍照片！只作为记者了解情况，

照片 1-1　志愿军空军第 4 师副师长袁彬（中），在机动指挥车上指导战机演练空战。袁彬不久后调任空军第 3 师师长

照片 1-2　空军 4 师 10 团 28 大队，空、地勤人员在辽阳机场练兵迎战。时值隆冬季节，大雪覆盖着北方大地，但练兵依然热火朝天进行

将搜集的材料记下来备用。”我立即答应。混成旅驻扎上海的时候，苏联空军协防上海的活动是不允许拍照片的，就是中苏空军在虹桥机场举行秋季运动会，也只许我去观看，但不可以照相。我早已心领神会，保密工作必须慎之又慎！这是军事机密，绝对不可造次。

浪头野战机场在安东市区的西南方向，离市中心大约20公里，位于鸭绿江的入海口右岸。机场上不但有中国志愿军飞机，更多的是苏联空军的飞机。机场上作战飞机数量多，起飞、降落频繁，中国人、外国人混杂在一起，一派战时的紧张景象，还能经常听到防空警报响起的声音。志愿军出兵朝鲜，苏联空军也进驻到安东地区，负责保卫中朝鸭绿江大桥。大桥附近的公路上还可以看到苏联高射炮兵，他们也穿中国人民志愿军服装，有的人衣服很肥大，有的又是瘦得裹在身上，看起来十分别扭。给我留下极深印象的一个场景是高射炮牵引车行进时，车上的苏联炮手一面吃着中国的油条，沾满油渍的手时不时在上衣上擦抹，一面还欢快地向我们中国人招手。

苏联空军参加抗美援朝作战是极端秘密的。飞机都进行了伪装，消除苏联空军自身的一切标志，喷漆伪装成中国人民志愿军飞机或朝鲜人民军飞机的颜色和标志。所有的飞行人员都换上了中国人民志愿军空军的服装，草绿色的棉大衣，蓝色裤子，橙黄色的长筒飞行靴子，回到兵营再换上西装。每个人都宣誓绝不泄露参加了朝鲜战争的机密，不和中国人一起照相，不送给中国人私人的照片。苏联的停机坪严禁中国人员接近，其所有飞行保障工作也都由苏联人自己做。苏军飞机不在美军控制地区和海上飞行，防止被击落后当俘虏。苏联飞行员在空中原本不允许通过电台讲俄语，但这一条在实际战斗中行不通。中苏协同作战是以苏联空军为主，中国空军一边学习一边战斗，由于语言障碍，苏联人说出来的“中国话”中国人听不懂，他们自己人也听不懂，影响作战指挥和战斗进行。因此苏联飞行员空中作战中依然用俄语进行无线电通话。美国军方不把这层窗户纸捅破，其中自有它的深层含意和难言之隐。一旦美国宣布苏联空军参加了朝鲜战争，美军内部可能会产生恐战情绪，造成士气低落；美国国内群众害怕战争，尤其怕与苏联直接进行军事对抗，所以即使是在空中受到苏联空军的打击，一直到朝鲜停战，美国也没有公布出来。苏联空军参战对朝鲜的战局有很大影响，特别是对被称作“空中堡垒”的美军 B-29 战略轰炸机造成极大威胁。美国宁可吃闷棍也不声张，战争进行得轰轰烈烈，只打不喊，明争暗斗。

苏联空军飞行员秘密参战是从 1950 年 11 月 10 日开始的，当日在安东上空击落美军 P-51“野马”式战斗机一架，11 日又击落美军 F-80 和 P-47 战斗机各一架。第三天，也就是 11 月 12 日，苏军战机在朝鲜新义州上空击落美军 B-29 轰炸机一架，连续三天告捷。苏联入朝作战的飞行员大都参加过第二次世界大战，有的人还获得过“苏联英雄”称号，其中就有曾三次荣膺苏联“金星英雄”的阔日杜布。在苏德战场上，他曾击落德国飞机 62 架，不仅是苏军的空战尖兵，也是包括美英在内的整个反法西斯盟军中个人击落敌机最多的人。他还是苏军中唯一曾击落德国喷气式战斗机的飞行员。当时阔日杜布已是苏联第 324 歼击机师师长，负责在地面指挥空中作战。由于他的名气太大，苏军上级下令不许他升空作战，以防失手。

我空 4 师 10 团 28 大队开始是由苏联飞机带领参战，前后都是苏联飞机的编队，中国飞机编队在中间。从 1950 年 12 月 28 日起飞参战，中国飞行员一连五天都没有看到敌机的影子。一旦出现敌情，苏联飞行员便突然加大油门出击，放弃掩护中国战机的义务，中国飞行员被甩在后面，不仅敌机没看见，连苏联友军飞机的影子也没有了，形成“你打你的、我飞我的”的局面，最后只好扫兴返航。中国飞行员都想打仗又打不上，大家情绪急躁。最焦急的是师长方子翼，于是他下定决心脱离友军掩护，咱们中国人自己单独干。老红军出身的方子翼知道胆子是练出来的，战术功夫是打出来的。打仗就不能怕有牺牲，“舍不得孩子套不住狼”，空手套白狼那样的便宜事是没有的。

1951 年 1 月 5 日，28 大队大队长李汉率 4 架米格 –15 战机随苏联军机出战，到达作战空域发现敌机后，方子翼师长给李汉下达作战命令，令其对敌机迅速发起攻击。苏军指挥员却要方师长命令中国飞行员马上退出战斗，以免误伤，但是方师长继续指挥李汉攻击敌机。谁知美机却掉头逃逸了。虽然这一仗未打上，但 28 大队总算与敌人在空中战场上打了照面，见识了空中敌机是何等模样。1 月 21 日清晨，美国空军出动 20 架 F–84 战斗轰炸机，轰炸平壤—新安州段铁路线。李汉大队紧急出动，由于准备不足只有 6 架飞

照片 1-3　空军第 4 师 10 团 28 大队米格 -15 歼击机出征前阵容

机上天。这也难怪，李汉大队的飞行员飞米格 –15 喷气式飞机的时间平均只有几十小时，空中编队动作量一大就散队。但是他们个个求战心切，人人要建功立业。此刻与敌人狭路相逢，他们一下子就冲进敌群，经过一番缠斗，李汉“咬”住一架敌机将其击中。其余的数架 F–84 敌机被李汉大队的猛打猛冲搅昏了头，连忙退出战斗。这是新中国空军第一次在空中出手与美国空军较量。空战过程中，机场上的地勤工作人员个个茶不思饭不想，翘首以待自己的飞机回来。有人一个劲地搓手，想快点知道空战结果，想知道自己维修装弹的飞机打了胜仗还是被击落。谁的心里也没有把握，只能等待，感觉 10 分钟比一天的时间过得还长。人人心急如焚。飞机终于回来了。降落后，参战飞行员讲述了战斗过程，听得地勤人员和机关干部们兴奋异常，不知道如何表达自己的心情，也不知说什么好，只是使劲地举拳头，互相握手，瞪着眼睛咧开嘴笑。大家都认为 28 大队首战告捷，击落了一架美军 F–84 战斗轰炸机，写下我空军史上的第一个光辉纪录。然而好事多磨，这时突然传来消息，苏联顾问专家判读李汉的空战射击胶卷记录，说他只是击伤了敌机。一盆冷水泼来，众人面面相觑，又无可奈何。停机坪上又和原来一样冷风刺骨了，苏联老大哥专家的话一言九鼎，大家只能闷闷不乐。

李汉，河北省唐县东显口村人，1938 年 14 岁时就在家乡加入了中国共产党，在华北联合大学读过书，1944 年到延安，又在延安自然科学院学习过航空理论。日本投降后，他被派遣到东北航校学习。李汉天资聪慧，心灵手巧，学习技术、掌握自然科学知识也很快。学飞行后，在他们那批学员中进步最快，被第一个放了单飞。1950 年在上海接收苏联米格 –15 喷气式飞机时，李汉也是掌握飞行技术最快的一名，受到了苏联教官的表扬，并建议由他做领队，所以他被任命为 10 团 28 大队的首任大队长，中国首批喷气式歼击机的领队干部之一。李汉不辱使命，后来还是第一个击落了敌人喷气式飞机，长了我志愿军空军的志气。

1951 年 1 月 29 日，一个令人难忘的日子。就在这一天，年轻的中国人民志愿军空军首次击落了敌机。这天下午 1 时 34 分，志愿军联合空军司令部设置在朝鲜的雷达站发现有一批敌机在定州、安州上空 5000 米的高度盘旋，企图袭击安州火车站和清川江大桥。李汉奉命率领 28 大队出击，队员有吴奇、宋亚民、孙悦昆、李宪刚、魏梦云、赵明、褚福田等，在苏联空军掩护下，8 架飞机飞向战区。1 点 40 分，4 号机孙悦昆报告：左前方发现目标，敌机 16 架 F–84 冲过来。李汉命令：“投副油箱！”这是为了减轻飞机负重便于机动灵活作战的战术要求。李汉随即率领大队利用阳光隐蔽接近敌机，他命令：“2 中队掩护，1 中队攻击。”他左转弯瞄准敌人 3 号机，逼近 400 米时开了炮。敌机瞬间冒烟起火，掉下大海。说时迟，那时快，正当李汉攻击敌机时，左右两组敌机包抄过来，妄图袭击李汉的飞机。李宪刚率领魏梦云、赵明、褚福田四机从高空直冲而下，用炮火把敌机驱散。空战中我机全局布阵，步调一致，协同作战，最终胜利属于 28 大队。在敌机逃散时，李汉又向另一架敌机射击，并将其击伤。此次大捷，我军未有伤亡，胜利回师。此仗一时誉满

照片 1-4　志愿军空军第 4 师 10 团 28 大队大队长李汉驾驶米格 -15 歼击机回到辽阳基地。李汉是第一位击落美国飞机的新中国飞行员

照片 1-5　李汉击落敌机之后回到辽阳基地休整，准备再上前线。此为李汉的戎装照片

空军，成为典型战例。

28 大队十天连打三仗，取得击落、击伤敌机 3 架的战绩。空 4 师于 3 月上旬班师回到辽阳基地休整。新中国自己创建的空军首战告捷，全师干部战士扬眉吐气，走路时胸脯挺得也高了，人人都有一种自豪感。辽阳陆军医院住的伤员大多是志愿军 39 军从朝鲜下来的，他们听说空 4 师击落了美国飞机，欣喜若狂，有的人要求出院上前线，说打美国鬼子有咱们自己的飞机掩护了，不再受“黑寡妇”（美机 F–80 战斗轰炸机的绰号）的气啦！一些老兵伤愈回朝鲜后，走在大街上鸣枪庆祝，为空军喝彩！

空 4 师司令部、政治部为空战胜利筹备了一个庆祝大会，在辽阳白塔寺附近的小礼堂里举行。会场上张灯结彩，每条长幅标语上写的都是表达雄心壮志和坚决打倒美帝国主义侵略者的口号，比如“努力建设中国强大的人民空军！”。还有一幅“胜不骄，败不馁，打一仗，进一步！”的标语颇为新颖。大会主持人宣读立功受奖名单之后，政治部文工队还演出了文艺节目助兴。为了保密，这是一场内部举办的庆功会，没有请地方干部群众参加。庆祝大会上团以上干部穿呢子军服，营级以下干部战士穿的都是上身绿棉袄、下身蓝棉裤的空军服装，男女都一样，所以还发生了一个小插曲。一位年轻女子着装特殊，穿着皮夹克，还烫着发，装束打扮洋气，坐在台下前排长椅上，首长于是当众大喊道：“你是哪里来的？赶快出去！保卫科！保卫科！”谁知她是李汉的夫人师秋朗，北京一位高级干部的女儿，久居苏联，受到国外生活习惯的影响，所以显得与众不同。10 团的领导干部连忙把情况说清楚，风波方平息。

我随部队去安东参战，在浪头飞机场上没有拍摄照片，空手而归。空军初创时期保密工作十分严格，任何人都不允许越雷池一步。我军在上海接收苏军飞机及训练过程我也没拍摄照片，作为一名摄影记者是很遗憾的事情，历史瞬间往往转瞬即逝。在上海，上级还给我颁发过一张机场特别通行证，但照片不让拍。通行证也没了用武之地。

第 4 混成旅当时给我发的照相机，是由李世安政委向华东空军司令员聂凤智打报告申请经费，在南京路上买的一台德国制造康泰克斯 135 二手照相机，就是为了记录空军初创史料的。那么多的重要历史画面没有保存下来，实为可惜！我见证了过程，就是没有照片。但保密往往有时限，终于有一天，军委空军政治部主办的《人民空军》杂志社来电话，要 4 师政治部拍照 28 大队的照片，并派编辑侯祖沛来指导并提出具体的要求，指明照片要突出表现李汉。有了上级机关下达的任务，我高兴极了。我和侯祖沛住到了 10 团，全力以赴搜集材料，到辽阳机场拍照片。正值隆冬三九天，师领导、飞行员、地勤人员，都欢迎我们来采访拍照。师政治部主任谢锡玉指示我照片要拍好，这是政治任务。师首长、干部战士都乐意在报上看到自己部队胜利的报道，让全国人民都知道我国飞行员打掉了美国飞机这件大喜事。10 团 28 大队飞行员我都认识，他们为我拍照一路开绿灯，想拍什么镜头都积极配合。我拍摄了 10 团 28 大队在辽阳机场飞行训练的照片及指战员们的合影照片，有飞行起飞时的情形、转移场地的过程，还有空地勤人员活动的照片。李汉的照片更是少不了。李汉对我给他拍的特写照片非常满意，我还将放大了的照片送给他作为纪念。编辑侯祖沛将照片带回《人民空军》杂志社，很快就编辑成画页印刷了。但空军司令员刘亚楼审阅大样时不高兴了，批评宣传部长朱鸿宣传得不够精彩，说封面要用李汉的特写照片，而且要彩色印刷。朱鸿部长立即组织编辑人员重新改版印制，大量向部队发行。没过多久，这期报道李汉击落敌机的刊物又被要求全部收回销毁。原来，中央指示，志愿军空军参加抗美援朝作战暂不做报道。同时，周总理指示，志愿军空军两年以后再考虑公开报道。这件事对我的触动很大，夜晚辗转反侧睡不着觉。不让报道，我还留在这里干什么，难道需要改行当政工干部？自己的“活思想”又不敢向领导们暴露，怕说出来会挨批评。我的思想斗争一度颇为激烈，不知该何去何从。大敌当前，我必须服从中央的规定，舍弃对空军参战的摄影报道宣传。但是，我又踌躇满志，要搞新闻工作的决心有增无减。适逢空军政治部组织部调我去政治部文化部工作。我依依不舍地告别了 4 师的领导和一块儿工作的宣传科同志们，又特意去辽阳北大营飞行员驻地，与熟识的空、地勤人员告别，有的飞行员还悄悄送我巧克力糖和水果表示欢送。

至此，作为新闻摄影的专职人员，我结束了对年轻的共和国第一场对外战争的报道经历。我的这次经历，是伴陪着我们年轻的人民空军而行的，尽管这一行的照片拍得并不多。

我于 1951 年 3 月到北京，向空政文化部报到，黎钰部长立即

照片 1-6　空军混成 4 旅驻上海时给我发的特别通行证，为到各军用机场采访提供便利（证件为红底黑字）

给我分配工作任务，编辑一本《人民空军》画册，并且指出很快就是《关于和平解放西藏办法的协议》签订一周年(5 月 23 日)，画册要有空军西南高空飞行团支援进藏部队空投给养的照片。当时，空军司令部、政治部都驻在东交民巷西口路南，原来美国大使馆的美国海军陆战队兵营大楼，政治部在一层及地下室，司令部在二层以上。我向司令部值班室了解怎样去新成立的航空兵 13 师高空运输团，一位参谋人员告诉我，运输团正在改装飞机，王洪智机组来北京西郊了。但是他们的飞机已改装成苏联伊尔 –12 飞机，不允许拍照片，去也是白跑一趟。于是我先去了西郊机场，见到了试航领队飞行员王洪智，不过他不同意采访。一是抽不出时间，二是说他们队长谢派芬事迹最突出，要我去采访他。我怎么能舍近求远？何况去一趟四川谈何容易！我不能放弃这次和王洪智见面的机会。我请王洪智先讲讲谢队长的事迹，又通过机组人员了解王洪智的试航过程。《人民空军》杂志已经登载过王洪智康藏高原试航的事迹。我想拍摄他工作的照片，但由于保密的缘故无法如愿。空军刚刚引进的苏联伊尔–12 高空运输飞机要保密。首长说过，当敌人不了解对手的实力，机密也就变成无形力量。古代蜀国诸葛亮弄险西城，巧施“空城计”，就是运用保密手段吓退敌军而取胜的。这种说法还是有说服力的。不过对摄影记者来说，它就是一只套在头上的“紧箍”。王洪智机组的同志你一句我一句讲述康藏高原的试航空投情景，说高原上的山脉看上去不高，但是平均海拔很高，空气稀薄，呼吸都困难，一旦措施不当，会要人命的。康藏高原人迹罕至，只有当地藏族人能适应那里的自然环境，不是所有的飞机都可以在那里飞行。美国制造的 C–47 运输机飞不到那里，C–46 飞机可以去，但这些都是国民党军队起义的飞机或是趴窝的老旧飞机，修理好后去试航风险也很大。当地天气像小孩子的脸哭笑无常，阴晴风暴瞬息变化，防不胜防，因此这里对飞行人员来说是禁区。抗日战争期间，美国飞虎队在这一带没少吃苦头，摔掉很多飞机。可是我们不试航不行，不给进军西藏的陆军 18 军战士空投给养不行。运输团没有航行图，那里没有迫降机场，没有气象台，没有通信站，没有导航设施，没有雷达探测设备，诸多飞行保障条件样样空白，所以试航也被说成是“死亡航线”。

18 军进军西藏，首先占领西康省的重镇康定和甘孜，再向昌都、拉萨进军。空军空投首先要钻进钻出唯一的那条狭长的康定山口，打开康定—甘孜“天上通道”航线，再飞向被称为“世界屋脊”的青藏高原。1950 年 4 月上旬，西南空运大队四次康定试航失败。到 4 月 15 日，大队长谢派芬和李嘉谊机组驾驶美制 C－46 型 8003 号运输机从四川新津机场起飞，第五次试航康定空投终于成功了，打开了飞向青藏高原的第一扇“天门”。谢派芬是原国民党空军军官学校起义的上尉飞行教官，飞行技术高超。人民解放军空军能够飞翔在“世界屋脊”上，他们是前卫人员，功劳不小。空、地勤人员讲到他们在康藏高原试航的功绩时无不交口称赞。在中国人民解放军从胜利走向胜利的道路上，起义官兵起了很大作用，他们用练就的航空飞行技术为人民服务，并被记入新中国的航空史册。

大军进军西藏，天上、地下都举步维艰。空投康定，仅仅是走出了天府之国四川平原，奔向辽阔的西藏的小小一步，可谓“路漫漫其修远兮”！下一步空投的任务地点是甘孜。18 军 52 师已抵达甘孜，但发生了严重粮荒，靠挖野菜、捉旱獭充饥，急需空投食品支援部队进军。

1950 年 5 月 3 日，王洪智机组再次领受试航甘孜任务，但第一次空投失败了。5 月 7 日清晨，王洪智带领机组飞行员李嘉谊、领航员盛承尧、通信员李学冕、机械师衣成云等人驾驶 C–46 型

8003号飞机，从四川新津机场起飞，飞越道孚、炉霍以后，发现了空投收受场地发出的信号，他们将粮食和物品投下。新津基地立即收到陆军发来的电报，说收到了空投的给养并表示感谢。这一喜讯极大地鼓舞了进军西藏的陆军广大指战员和空军支援人员。试航甘孜空投成功了,年轻的飞行员们打开了飞向青藏高原的第二扇“天门”。当年的五六月份，王洪智机组给行进中的陆军老大哥接连不断空投35次。谢派芬和王洪智机组共同创造了中国航空史上的奇迹，加快了大军开往西藏的速度。

王洪智，1926年出生在山东荣成县荫子镇土城子村，1945年参加人民解放军，是一名从老根据地走出来的子弟兵。1946年7月，王洪智被选拔进入东北老航校学习飞行。当时的教官大都是日本投降后留用的原日本空军军人，他们中的多数还是忠于职守的，尽力教会文化程度较低的中国学员飞行。当时航空器材奇缺，没有中级教练机，他们就直接进入高级教练机学飞行；没有汽油，靠酒精飞上蓝天。王洪智苦练飞行本领，拼命掌握技术，勇于克服困难，成为空军运输航空兵的领军人物。他努力提高部队的战斗力，带领部队出色地完成了各种运输任务，对运输航空兵部队的建设做出了重要贡献，并荣立特等功。我写了王洪智一行试航的稿件，在《人民日报》头版以《人民空军飞翔在世界屋脊上》为题刊出。后来部队来信鼓励我，希望多看到对空军的报道。

1951年国庆节前夕，部里派我去采访参加国庆阅兵的空军第8师。我乘火车到了唐山，立即赶去飞机场找吴恺师长，他很忙，叫我直接找副师长刘善本，并且说刘副师长会满足我的要求。刘善本是著名的国民党起义飞行员，也可以说是我的老首长，他担任过空军混成4旅的副旅长，虽然他不认识我，但是当我提及我原来也在混成旅工作时，他显得很热情。空8师是轰炸机师，我提出可否上飞机拍照片，他说："可以。你乘我的飞机，坐在后舱射击员位置上。这是检阅科目，不是作战，射击员不在岗位没问题。"我喜出望外，这次可以乘轰炸机拍照片了。空8师于8月初从吉林省四平市转场到唐山机场来训练，准备接受国庆空中编队检阅。1949年开国大典，刘善本驾驶C–46型飞机作为空中分队的领队长机，飞过天安门上空，接受党和国家领导人检阅。当时我军仅有17架起义和缴获的美制飞机参加受阅，那一天我正好在前门箭楼下观看受阅飞机，天上飞的就是由他领队的。一想到再过几天我能和他一起飞过天安门，真是令人开心激动。1951年是新中国成立两周年，我空军由轰炸机、强击机、歼击机等多机种、多梯队130余架飞机组成空中受阅队伍。短短两年，人民空军突飞猛进，神奇的建军速度令世人刮目相看。

1951年10月1日，北京地区晴空万里，非常适合飞行。我前一夜就辗转反侧，兴奋得睡不着觉。有飞行员告诉我，第一次上飞机前不要吃得太饱，别吃水果，轰炸机动作量大，初来乍到的人员会呕吐。我把这些话牢记在心上。起飞前吴恺师长训话，鼓励同志们要保证完成这一崇高任务。他说："我们接受毛主席、朱总司令的检阅无上光荣。但大丈夫喜怒不形于色，要专心致志完成飞行任务。”按规定，飞机到北京城上空不许向下看天安门，不许左顾右盼。受检阅的杜 –2 轰炸机群，按固定航线由唐山、玉田飞到通县完成“品”字形编队再飞向天安门，由东向西依次从前门箭楼顶上 600 米高度掠过，接受党和国家领导人的检阅。参加阅兵式的作战飞机是由 130 余架组成的空中梯队。

非常遗憾的是，乘上飞机在北京东郊上空编队过程中，我感到头重脚轻，抑制不住肠胃的翻腾，非常难受。我实在控制不住呕吐了。早餐原本没敢多吃东西，吐的多是黄酸水。我非常惭愧，将这样先进的飞行设备弄脏了。身体不争气，如何向首长交代？当时我感到无地自容。检阅完回航唐山落地，我走下飞机，刘副师长只是微笑，没说什么。其他飞行员还安慰我说，没关系，气流不好的时候飞行员也呕吐。残留在机舱里的呕吐垃圾物他们不要我打扫，劝我赶紧去休息。

我初次在飞机上采访拍摄，并没有拍摄到精彩镜头。一是不允许向下观望，我必须令行禁止；二是飞机在空中编队鱼贯而行，反而拍不到其他飞机；三是由于呕吐得厉害，我已经自顾不暇了。所以，想来又高兴又懊丧。参加了国庆检阅当然高兴，这样的好机会一生难遇。懊丧的是只拍摄到飞机正进行编队的画面，飞机通过天安门前接受检阅、激动人心的镜头反而在空中无法拍到。吃一堑，长一智吧。

参加国庆阅兵之后，我有机会采访刘善本副师长。当时部队又要大规模整编，领导干部忙得不可开交，只得请求首长见缝插针接

照片 1-7　1951 年 10 月 1 日，空军第 8 师轰炸机机群于北京东郊上空进行空中编队，参加天安门广场阅兵式

受我的采访，长话短说。刘善本身材高大，很有教养，待人接物很是谦恭，彬彬有礼，采访有问必答。他在教学方面深入浅出，耐心教授，言传身教指导学生，因此深受飞行员们的爱戴。刘善本的履历和师德修养等方面的素材多是其他飞行员提供给我的，这些人也是他的学生。刘善本 1915 年出生在山东省昌乐县农村，在北京师范大学附中接受中等教育。1935 年考入杭州笕桥中央航空学校，毕业后分配到国民党空军第 8 大队服役，随后又被送往美国学习。1946 年 6 月 26 日，刘善本上尉利用驾机由成都去昆明的机会，与同机副驾驶员张受益，空勤机械士唐世耀、通信士唐玉文等人驾驶崭新的美国 B–24 轰炸机起义飞向延安，成为解放战争期间国民党空军飞行员驾机起义的先行者。6 月 29 日晚上，毛泽东主席、朱德总司令亲自参加了欢迎刘善本等人的大会。7 月 5 日，延安《解放日报》以头版位置登载新华社采访刘善本的报道：“决心退出内战旋涡，刘善本上尉飞延，号召空军人员拒运军火，拒炸同胞。”刘善本还在延安新华广播电台上对全国做了《赶快退出内战旋涡》的演说。在刘善本的影响下，国民党空军先后有 100 余人驾驶 70 余架飞机起义。刘善本参加革命后，历任延安总部航空教员，东北老航校副校长、校长，空军混成第 4 旅副旅长，1949 年 2 月加入中国共产党。

二　战地朝鲜行

第二次世界大战结束后，远东成为美苏两大强国势力竞争的新场所。朝鲜刚刚摆脱了日本帝国主义长达半个世纪的残酷殖民统治，很快又卷入战争的旋涡。1950 年 6 月，朝鲜战争爆发，受美国扶持的韩国李承晚集团的军队被打得一败涂地。美国不甘心李承晚政权垮台，派出自己的海、陆、空三军在朝鲜人民军的后方仁川港登陆，使得金日成的人民军损兵折将，撤退到中朝边境地区。

1950 年 10 月，中国人民志愿军跨过鸭绿江，正式开始了抗美援朝。在全中国，抗美援朝、保家卫国形成了轰轰烈烈的伟大运动，震撼着每一个人的心灵。打倒美帝国主义、蔑视美帝国主义的政治宣传，在全国范围内深入而持久地展开了。有一天我去前门外的一个军人招待所看望一位刚从朝鲜回来的同学。我对他表示想去朝鲜搞摄影报道。他沉默了一下说道：“你要慎重考虑，美国鬼子的飞机太厉害了，几乎满天飞，低到擦着树梢转悠，连田里耕地的牛都扫射，不放过。”我从招待所出来后走在路上左思右想，走到前门箭楼前停下脚步，终于下定了决心，我要申请去朝鲜采访报道志愿军作战的实况。

我离开陆军也没多长时间，听说原来所在的部队改编以后开到朝鲜去了，我还有一些想念他们。独善其身不可取，沙场情谊更难忘。我内心翻腾，生发出缕缕思绪：一是唐人李贺的诗句“男儿何不带吴钩，收取关山五十州”的豪迈激情震撼着我；另外是一本叫《志愿军》的书，也影响了我，它描述了 1936—1939 年西班牙内战时期，各国工人阶级和进步人士组成志愿军，协助西班牙共和国政府和人民，与德、意法西斯军队浴血奋战的情景。我还想起当年夏天，志愿军战斗英雄郭忠田由朝鲜回国，要出席在柏林举行的第三届世界青年学生和平联欢节。他在北京大学的报告，受到了热烈欢迎，人们把无数的鲜花和掌声献给他。郭忠田的报告感人至深，令人激动。

我终于下了决心，决定打报告去朝鲜采访报道。我必须放手一搏，不然错过这一历史机遇，会后悔莫及。人要用行动去实践理想，做不好有遗憾可以，但是不必后悔，要在刀与火的环境中去历练自己，不能“白了少年头，空悲切”啊！我去找空军政治部组织部干部处处长刘克江同志，他原是我们陆军师的组织科科长，为人和气好说话。我向他表明想去朝鲜采访，他说：“我们空军也在抗美援朝，也在打仗嘛，不能走！”他岔开话题说，最近报上登了我写的《人民空军飞翔在世界屋脊上》的通讯报道，写得很好，就留在空军当通讯干事吧。我进一步申述理由，中央指示空军抗美援朝不报道，我拍摄的李汉打下美国飞机的照片，《人民空军》杂志社全部收回销毁了。我留在空军也起不到什么作用。他只是笑了笑说："令行禁止啊。你可以向文化部打个报告要求去朝鲜，我们再考虑。"不久，我接到解放军总政治部干部部的电话，通知我去谈话。当时总政干部部驻在西交民巷，距离空军机关只有两条马路之隔。接待我的是谢志军同志，他当时是总政干部部干事，原来是我们陆军师的组织科干事。他通知我，组织上批准了我调动工作的报告，正好志愿军政治部要求补充文化干部，于是将党的组织介绍信和行政介绍信、乘（火）车证和路费一并交给了我，规定十天内到安东志愿军政治部后方留守处报到。他们会通知志愿军政治部组织部，到时会有人接待我。于是我独自一人再次踏上了参加抗美援朝战斗的征程。

1951 年年底，我急如星火地赶到安东市志愿军政治部后方留守处，它在鸭绿江岸边的一个小乡村。我见到的第一位同志是文化教员李秀清，她接待了我，政治部已知会留守处我要经过这里，让我先住下，政治部每周都有汽车来运给养，届时我可搭车去朝鲜。我在安东乡下住了三天，志愿军政治部派来拉给养的汽车到了，随车来的一名干部李基禄，也是一名摄影记者，互通姓名以后都知道彼此，所以倍感亲切。他是东北人，大高个子，原四野部队的摄影记者，从黑龙江打到海南岛，拍了不少让人印象深刻的照片。他称呼我老孔，说："你的一切行动听我指挥，我先带你去安东街上逛一逛，狠造它一顿(吃饭)。”他为人爽朗，说话直来直去。第二天，他请我到小饭馆吃牛肉大葱烧卖。他狼吞虎咽，似乎几天没吃饱饭了，可见朝鲜的战地生活的确艰苦。烧卖做得鲜香可口，长时间留在了我的记忆之中。回到留守处，李秀清送我一把炒花生，刚见面不久，也没有任何交往，我有些不好意思。闲聊中她讲了自己的身世和抱负。她是在北京师范大学三年级时报名参军南下的，后来部队入朝作战，把她留在留守处当文化教员，教文盲战士识字学文化。她不甘心，一再要求入朝，上级没满足她的愿望。她很羡慕我，希望我到了政治部以后向首长反映一下她的请求。我虽然答应了她，可是我食言了，没有机会向上级汇报她的个人要求。当时的青年知识分子革命热情普遍高涨，报效祖国、不怕流血牺牲是多数人都有的觉悟。

志愿军政治部的汽车是一部苏联造的嘎斯中型卡车，轻便、皮实、灵活，不易抛锚趴窝，很受部队欢迎。2月的朝鲜到处是积雪，凛冽的寒风呼啸，我坐在拉着萝卜、白菜的车上，四面通风，把苫布盖在身上人冻得还直打哆嗦。车从安东上了用原木加固的鸭绿江铁桥，开往朝鲜的新义州，一夜半天后，赶到了平安北道成川郡桧仓镇。志愿军政治部在桧仓的北面山沟里，一路慢坡上去，路旁有民居，有少数朝鲜式草房，大多是马口铁草苫顶的工棚，稀疏分散在公路的西面，东面山脚下是条小河，已经结冰。李基禄领我进了宣传部办公的棚子，草草安顿下来，然后去见了领导。同志们都对我投以好奇的目光，因为我的着装与众不同，尚且穿着空军发的蓝

照片 2-1　桧仓周围山顶上布置有许多高射炮阵地，保卫着志愿军首脑机关

色棉裤，而志愿军都穿着草绿色棉军装。

桧仓镇的街道处在东西向的一条大山沟里，志愿军司令部驻地就在沿河沟往西向上走背阴处的几条矿洞里，背向太阳有利于防空。工兵营将一条较宽敞的废弃矿洞开拓加固成“礼堂”，总部开大会、授勋活动和一些慰问演出，都是在这矿洞礼堂里举行的。敌机发现了这个大目标，多次进行轰炸，但随着志愿军空军和防空火力的增强，敌机也不敢像战争初期那么肆无忌惮地疯狂空袭了，反而躲开这一区域飞行，也许是做假象麻痹我军，另有别的阴谋。

我刚到桧仓时，山坡上有数台矿石研磨机“隆隆”吼个不停。山坡下街道上都是木板房，有十数家小店铺，有卖辣椒面、明太鱼干的，还有一些出售小工具的。由于是战时，没有招徕生意的广告牌。镇上大多为工人家属的住宅，有条小河沿街潺潺而流，天气晴朗的日子可以看到许多身穿黑色长裙、上身穿着短小齐胸白衫的妇女在河沟里洗衣物。日本殖民主义者多年在此开矿，遗留下无数坑道，成为自然的防空洞。志愿军司令部、政治部机关驻扎的两条山沟，有废弃的矿洞相通，来去方便又能防空。不巧的是，到朝鲜后，降了场大雪，寒风愈发侵皮刺骨。我突然浑身浮肿，瘙痒难耐，一到室外病情就加剧，这是得了过敏性皮炎。人成了病号，半个月不能工作，打针吃药均不见效。刚到朝鲜就倒下了，我心急如焚。卫生所的陈军医对我说：“孔干事，和你商量一下，我有一偏方，你要是同意就试试看，可是丑话说在前头，出了问题我不负责。”病急乱投医，只要能治好病，即便有严重的后果我也认了，总不能刚

照片 2-2 中国人民志愿军司令部驻地平安北道成川郡桧仓镇鸟瞰，司令部就设在对面山脚下的矿洞内

照片 2-3 1952 年 7 月中旬，朝鲜成川郡桧仓镇老百姓清理垃圾，疏浚河道，打扫环境卫生

到朝鲜就败下阵去吧。我说："我向你保证，治不好我不怨你，治坏了我不赖你，治死了我情愿命短。我给你写个保证书。"他说那没有必要。他从朝鲜老百姓家里买了两个刚下的鸡蛋，用碘酒、酒精将鸡蛋外壳多次消毒，将蛋清直接抽出注射到我的臀部肌肉里。当时很是疼痛，但为了治病我咬紧牙关扛着。说来也奇怪，一周后我的过敏性皮炎痊愈，以后再也没有复发。

1952 年 8 月 5 日夜，天空晴朗，星星闪烁，没有敌机夜间骚扰的前兆。那一天我住在炮兵指挥部的掩蔽部里，四周用原木砌起来，外部再用石块堆成堡垒，背后向山体挖进去，实际是一处坑道口，既可见光又可防备空袭，志愿军各级领导机关大多驻在这样的掩体工事里。我躺在床铺上正要睡去，突然犹如发生了地震，我被从床铺上颠起来。原来，十几架美军 B-29 重型轰炸机从东方天空鱼贯而入，我地面高射炮、高射机枪一齐开火。敌机飞得很高，径直投弹后朝西北方向飞走，地面不断传来闷雷般的一阵阵轰鸣声，大地震动。高射机枪一串串曳光弹射向天空，无数高射炮弹在夜空中闪爆，对空作战历时将近一小时。第二天清晨我从炮兵指挥部回政治部，走到桧仓镇一看，场面令我不寒而栗。整个桧仓小镇变成了一片废墟，木板房架子仍然冒烟燃烧，原来的街道无影无踪，只留下残垣断壁。居民家被损坏的家具散乱堆着。小河沟已经无形，流水漫灌散淌，原来水泥修筑的堤堰已被炸得残破不堪，只见数不清的十来米直径的炸弹坑里汪着水，一切都变了样。据说死伤的人不是很多，这两天向群众做了宣传，很多人都躲进山洞里避险，就此逃过了一劫。被炸死的人已经抬走下葬了。有的人头上缠着绷带，在废墟上用棍子刨着，寻找剩下的家当。一位老太太哭得死去活来，说她的儿媳妇连尸首都没找到，活不见人，死不见尸，这日子怎么过下去呀！我只能听翻译人员叙述，由于手头也没带照相机，只是亲眼目睹了这一场景。战争强加在朝鲜人民头上的灾难，如此惨烈，中朝人民共同经历了这一切。

1952 年 1 月下旬，天寒地冻，部队在东部战线平康郡金谷里雪地上发现大量苍蝇、跳蚤。彭德怀司令员指示，要求部队打好这场细菌战。志愿军领导机关成立了防疫委员会，邓华副司令员为主任委员，副司令员韩先楚、志愿军卫生部部长吴之理为副主任委员，领导全军的卫生防疫工作，对全军指战员进行普遍深入的卫生知识教育，采取各种措施，预防疾病和传染病流行，保持部队的战斗力。

志愿军政治部主任杜平指示我去采访从国内来的一批卫生专家。他指示：他们是从国内医学科研单位、大学医学院来的专家，同时也都是老百姓，采访时要谦虚谨慎，要尊重他们；多向卫生部领导请示报告，拍的照片要交给志愿军卫生部审查；照片怎样发表、何时发表，等候总政治部指示，暂时不见报，要绝对保密。他提议我穿便服去采访，便于接近这些从地方上来的专家，免得与专家们生分隔阂。于是，我立即从桧仓搭车赶往成川郡大洞里卫生部驻地，大约走了两个小时。由于对细菌战不甚了解，我一路上还忐忑不安，不断琢磨着个人如何防疫。到达卫生部一下车，我首先向宣传科索要有关细菌战常识的文字材料。我只知道日本帝国主义侵略者曾在

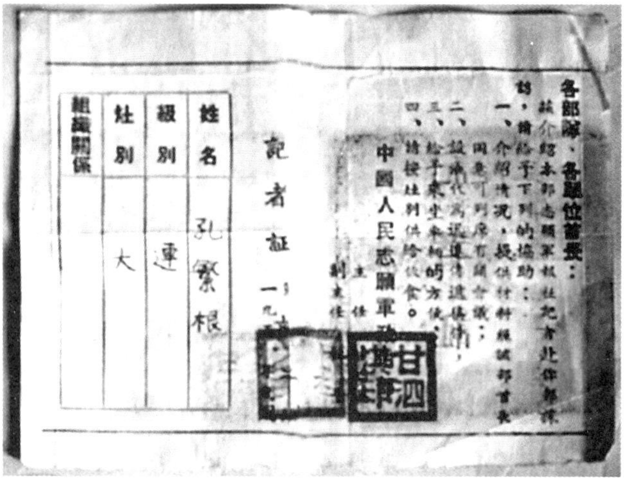
各部隊、各單位首長：
中國人民志願軍
記者証

姓名	級別	性別	組織關係
孔繁根	連	大	

照片 2-4　我去部队采访，多数情况是搭顺路车从一支部队到另一支部队，拿出记者证给过往汽车司机看看，他们都会捎脚上路，还会热情地帮助我找兵站、联系用餐和洗温泉澡

哈尔滨有 731 部队，专门研究运用细菌作战，而且用活人做实验，杀害了不少中国平民和被日军俘虏的中外军人。还知道日本军队曾经在我国的浙江、湖南、江西等地散布过鼠疫和霍乱等病菌，以致造成这些疾病在当地发生和流行。从材料上还了解到，第一次世界大战时，德国首次使用了细菌武器。后来，1925 年时各国在瑞士日内瓦签订了《关于禁用毒气或类似毒品及细菌方法作战议定书》，明确规定禁止使用细菌武器。

我住在隐蔽在树林里的卫生部招待所，一天快到半夜了，吴之理部长的警卫员跑来说：“部长请你穿好军装带上照相机跟他一起去部队，快走，吴部长在汽车上等你！”我立即带上照相机，跑出防空洞，上了吴部长的吉普车。他告诉我，部队打下一架美国飞机，活捉到一名美国飞行员，他要亲自去审问，必须弄清楚美军是否投掷了细菌弹。吴之理部长要求我到了现场后装作是位“长官”，而他自己则为翻译人员，这样审问更方便一些。吴部长叫我随便先向美国飞行员提几个问题，反正他也听不懂中国话，随便问什么问题都可以，还让我要严厉一些，装得像一些。审问是在一间朝鲜农民的草房子里进行的，一名穿着美军飞行服的中年白人飞行员一见到我们就显得很害怕，浑身哆嗦，央求别杀他，还一再重复说，凡是他知道的事情都说，不敢隐瞒。我首先用中国话发问，然后吴部长用英语直接审问飞行员投的是什么炸弹，是不是细菌炸弹。审问进行了约两个钟头，也没有什么结果，我们每个人都很紧张，也很疲劳。因为我们思想上先入为主地认为美军进行了细菌战，而审问却没有什么收获，我们只得结束这场双簧式的审问。吴部长嘱咐看守部队的负责人给俘虏弄点吃的，保护好这个飞行员，别叫朝鲜老百姓伤害他。这一关照事出有因。美军飞机在朝鲜上空占据着优势，横行霸道，残暴无比，只要看到房屋有人烟就轰炸，看见汽车更是又投弹又扫射。地上只要有人活动，不管是男女老幼，人多人少，都要用机枪扫射，甚至田间的一头耕牛也不放过，非把目标置于死地才罢休。但凡到过朝鲜的人，都目睹了美军飞机作恶多端的严重罪行，都会同情朝鲜人民的悲惨遭遇，对美军的暴行无不咬牙切齿。由于美军飞机对朝鲜地面目标不分青红皂白地狂轰滥炸，很多无辜

照片2-5　大冬天在阵地上发现昆虫，志愿军干部战士都十分紧张。这是志愿军卫生防疫队在部队驻地附近喷洒消毒剂

平民百姓死于非命。朝鲜群众对美国飞行员恨之入骨，一旦活捉到跳伞的美国飞行员就不会饶恕他们，曾经发生过将其乱棍打死的事，尤其是那些家人在美军空袭中被害的遗属更是要报仇雪恨。我们回去的路上都沉默不语，有些失望，因为没有获得有关美军进行细菌战的事实材料。

怀疑美国使用细菌战的消息如同晴天霹雳，使得全军都行动起来，开展反细菌战活动。防疫队广泛设置监视哨、游动侦察组、交通要道检疫站，进行现场监视。部队全面展开防疫卫生运动，对2000多名卫生防疫人员进行了短期培训，对全军人员普遍进行防疫注射，并为驻地的朝鲜居民注射防疫疫苗。全面深入地开展清洁卫生、捕鼠、杀虫、灭蝇运动，四、五两个月共捕鼠500多万只，捕灭了大量的苍蝇、蚊子、跳蚤及其他昆虫。志愿军的卫生状况及驻地环境卫生大大改善。全军发病率下降了，取得了立竿见影的效果。

1952年3月15日，我国政府组织了以李德全、廖承志、陈其瑗为首的“美帝国主义细菌战罪行调查团”，来到朝鲜进行调查。有40多名细菌、病毒、昆虫、病理等各方面的权威专家，协助志愿军做防疫工作，其中有热带流行病预防专家魏曦教授，还有对细菌传播颇有研究的何琦教授、方亮教授，以及曾在日本留学学习细菌学的谢知母教授。谢知母教授原籍中国台湾，曾留学日本，对细菌战他是又害怕又气愤。怕的是万一与日本细菌战罪犯沾上边，怕说不清，被人怀疑怎么办？倘若组织上质疑他的履历怎么办？气愤的是美军竟然使用细菌武器杀人。左思右想解不开心中郁结，致使

照片 2-6　中国医学专家在审视从美军飞机上投下的容器是细菌炸弹还是装宣传品的航弹。右一为中国著名细菌学家魏曦教授

血压居高不下。志愿军卫生部领导亲自做他的工作，请他放下思想包袱，解除顾虑，做好眼前的分析研究工作。

中国、朝鲜揪住美军可能进行细菌战不放，美军当局又矢口否认，双方宣传仗打得不可开交。

没过多久，我被召回政治部。炮兵侦察参谋老朴同志领我到志愿军司令部炮兵指挥所办公室。在一处较大的掩蔽部里，匡裕民主任对我说，苏联顾问西蒙诺夫中将要开办“炮对镜摄影训练班”，因为没有精通摄影的参谋人员，所以从政治部把我请来当摄影教员，然后从各部队抽调一批参谋人员来学习，回部队以后再教会炮兵侦察兵。我听到这项任务有些为难，但是也没敢拒绝。匡裕民主任看我面露难色，哈哈大笑着说：“小孔，不怕，我和你一块儿研究。”旁边坐着的炮兵指挥所贾克参谋长插话说：“苏联炮兵就是这样做的，不是很难，你试试看。照不成功没关系。”首长们都很和气，不是下命令，而是带着期望，我领受了任务。于是我夜以继日地做实验，几天以后终于用炮对镜拍出了远方山顶上石头和树木的清晰照片。匡主任和贾参谋长看了照片以后很高兴，指示一位俄文翻译带我去志愿军司令部所驻的洞子见西蒙诺夫炮兵中将。我们在洞口土坪上遇见了西蒙诺夫，他正赤着膊进行日光浴。他看完我用炮对镜拍摄的照片很满意，并说应当给我记功。于是炮对镜摄影培训班就开课了。怎样用照相机加上炮对镜照相，技术上没问题了，但是有的学员文化程度较高，问我是什么原理，我也说不出来。“老师”被学生的问题难住了，怪不好意思的，我有些难为情。我想到了北京新华社摄影部研究室有一位大专家叫张印泉，就写了封信向他请教，他很快就给我回了信，讲了其中的光学原理，使我茅塞顿开。1952 年 8 月，志愿军司令部炮兵办公室开办的“炮对镜摄影训练班”举办了两期，一周一期。开办这个培训班，我最大的收获是结识了志愿军各部队很多同志，结交了众多朋友，为以后去部队采访创造了便利条件。

朝鲜战争中苏联提供的武器装备，促使中国军队的现代化建设飞速向前，对中国人民志愿军的发展起了重要作用。彭德怀司令员说，军队装备短短几年超过了旧中国几十年的建设。尤其是炮兵在战争中迅速壮大，威力日益显著。志愿军出国作战时，共有汽车 1300 多辆，第一个星期就被敌机打坏 200 多辆。现代战争对物资的极大需求和消耗，使得后勤供应成为决定胜负的重大因素之一。贾克参谋长说，1950 年 10 月志愿军入朝时，重炮仅有炮兵第 1 师、第 2 师、第 8 师三个师共九个团配备，且装备的是日本、美国制造的旧式火炮 280 多门。多由骡马牵引，汽车牵引的重炮很少，还被打坏了许多。到了 1952 年，志愿军炮兵已经得到了迅猛发展，效力强大的火箭炮已配备两个师（装备苏制 M–13 火箭炮），同时还有坦克兵可兼做炮兵用。志愿军炮兵指挥机构是随首批参战部队入朝的，1951 年 2 月，改为志愿军炮兵指挥所，匡裕民任主任。

匡主任还是一位摄影爱好者，而且有一套徕卡照相机，还附有 F1：13.5 的长镜头。他为人和蔼可亲，空闲时间向我讲述炮战故事，还把摄影设备一并拿出来让我欣赏，之后我们成了忘年交。匡裕民是江西人，1930年参加中国工农红军，曾任红军的炮兵连连长、营长、副团长，东北野战军炮兵副司令员兼炮兵学校副校长，并亲自给部队教授炮兵课。他参加了辽沈、平津、太原等战役中我军的炮兵指挥。战争年代，他的腿部负过重伤，治愈后行动仍需拄拐杖。我军炮兵的迅猛发展，匡裕民是亲身经历的，一讲起我军炮兵发展壮大的历史，他就如数家珍。

1952年秋，志愿军喜讯频传：一是上甘岭大捷；二是我志愿军空军和苏联空军开辟了“米格走廊”（西方舆论界的称谓），志愿军运输部队受到一定程度的防空保护，后勤供应取得长足进步。9月中旬，祖国派来了以刘景范为总团长的中国人民第二届赴朝慰问团，成员中包括各界人士，有先进工人马恒昌等，还有叶盛兰、杜近芳、常香玉、赵丹等文艺界知名人士，同时携带了6000余吨慰问品。有些慰问品上，还印有“赠给最可爱的人”字样和抗美援朝纪念章的图案。慰问团带来的文工团分成许多小组到前沿阵地上演出，极大地鼓舞了指战员的士气。

赴朝慰问团在桧仓活动期间，也正值朝鲜民主主义人民共和国向志愿军各路英雄人物授勋和颁发奖章的时候，志愿军可谓双喜临门。朝鲜最高人民会议为了表彰志愿军邓华副司令员在抗美援朝战争中的卓越功勋，授予他共和国最高勋章——一级国旗勋章。邓华是一位深谋远虑、能全面洞悉战场形势的军事思想家。他参加过1948年攻克锦州、围歼廖耀湘兵团的辽沈战役，解放海南岛战役，他率领的部队所向披靡。美国出兵朝鲜后，中央军委紧急组建战略预备队，邓华被任命为13兵团司令员，并率部北上。他根据朝鲜的敌情、地形特点，亲自执笔向中央军委写报告，提出了对美军作战的战略战术和美军抢滩登陆的可能性。当朝鲜人民军乘胜追击美军和李承晚军队时，邓华认真研究“联合国军”总司令麦克阿瑟的为人个性及其军事思想，明确指出，朝鲜人民军洛东江前线决战与东西海岸的防守，在兵力配备上存在着矛盾。敌人主力部队可能在人民军侧后的平壤—汉城地区进行登陆作战，前后夹击，朝鲜人民军将处境困难。他提出我军参战时机应待敌进到三八线以北为有利，敌人拉长拉宽战线，缩短了我军的供应运输线，我们更好打。这份给军委的报告发出半个月后，美军果然在仁川港登陆，接着大举向北推进。美军接近中朝边境以后，中国人民志愿军出兵朝鲜参战了，邓华将军的远见卓识得到了历史验证。1951年夏，我军发起的第5次战役始末，也证明邓华有深邃的军事洞察力。战役发起前，彭德怀司令员指出这是决定性的一仗，要全力以赴。邓华副司令员却担心敌人兵力集中，我方装备同敌方对比仍然较差，不如把敌人放进到铁原、金化地区再打，以逸待劳。彭总对此不以为然。4月22日战役打响，前后历时50天，虽然歼敌8万余人，但自身作战损失也高达8万余人，真正成了“歼敌一千，自损八百”。彭德怀自己也承认，抗美援朝第5次战役是他一生中四次军事上的错误之一，他感叹：“不听邓华言，吃亏在眼前。”通过朝鲜战场的考验，彭德怀很是赞赏邓华：“作战勇敢、细心，出过不少好主意，是个好帮手。”

此次授勋名单中有邓华，还有空军飞行员赵宝桐和张积慧。赵宝桐是志愿军空军第3师的飞行员，以往只闻其名未曾谋面，此次授勋大会上有机会认识了他，这是一件令人高兴的事。赵宝桐为人不善言谈，更不愿讲自己的战斗经历，但是他特别喜欢听别人讲空战故事。我曾经在空军第4师工作过，所以和张积慧是老相识，桧仓再见面格外亲切。他们住在志愿军司令部矿洞招待所里。我们俩都无拘无束，有啥说啥，有些不能见报的材料他相信我不会泄露出去，也就不避讳了。他叙述击落戴维斯的过程时说："我并不知道对手是戴维斯，如果知道是他，也许就不会那样穷追猛打非把他打下来不可。空战也是狭路相逢勇者胜，尤其是美军不死拼，保命第一。"他回忆说，1952年2月10日早晨，鸭绿江上空轻云薄雾。志愿军空军联合司令部获悉敌机来袭，命令第4师立即起飞34架米格–15飞机迎击。4师12团3大队大队长张积慧率领自己的机群起飞，向东飞越鸭绿江，经过朝鲜新安州上空迎向美机。美军10余架战斗轰炸机欲对朝鲜平安北道的铁路线进行轰炸，随后跟进的是为轰炸机护航的18架F–86战斗机。张积慧发现了敌机，同时对方也发现了我方机群。敌人利用云层掩护，从右侧突袭我方机群，企图打张积慧他们一个措手不及。张积慧猛然左转弯，从左后方咬住对方。他和僚机单志玉迅速爬高占据有利空域，对手空战经验丰富，一看形势不妙，马上减速使了个"金蝉脱壳"，逃得无影无踪。张积慧始料不及，不但失去目标，还脱离了自己的编队，只好一边向前追赶自己的机群，一边警惕地搜索目标，突然他发现后方云层中有八架美机，其中两架敌机已经从后方紧紧盯住他，距离越来越近。张积慧和僚机保持编队的同时，猛然一个右转上升，让敌机扑了个空。张积慧顺势反咬住敌人长机后尾。那架敌机先是加大油门，迅速向上拉升，然后又减低速度，向下俯冲，使尽浑身解数拼命摆脱，看样子敌人技艺超群，飞行老到有术。但张积慧不管三七二十一紧追不舍。两架飞机的距离越逼越近，张积慧迅速瞄准，按下炮钮，由于求胜心切，第一次开炮未击中。当两机再一次接近 600 米时，张积慧再次咬住那架飞机，三炮齐发，敌机冒着浓烟坠向地面。接着他又击落了敌人那架僚机。但是好几架 F-86 敌机轮番围攻张积慧，寡不敌众，张积慧座机不幸被敌击中，于是不得不跳伞。敌我两架飞机的残骸和伞降点相距大约一里路。他紧皱眉头对我说："那一仗是九死一生！僚机单志玉同志为了保护我牺牲了，我非常痛惜难过。我们大队损失与敌人一样都是两架。更遗憾的是我只顾开炮射击，忽略了打开摄影枪，胶卷上没有记录下击落敌机的时间。"2 月 10 日空战区域地面上是志愿军第 50 军防区，驻军战地巡逻队在博川郡三光里北面的山坡上抢救了张积慧，同时也发现了一架 F-86 飞机残骸和飞行员的尸体及其遗物。遗物中有乔治·阿·戴维斯少校的军号牌、转轮手枪等物。经核查，乔治·阿·戴维斯是美国空军第 334 中队少校中队长，有着 3000 多小时的飞行经历，第二次世界大战中参加战斗飞行 260 多次，被美国人誉为"空中英雄"。戴维斯 1951 年 11 月入朝作战，屡屡得手，成为朝鲜战场上美军战绩最高的王牌飞行员。张积慧击落戴维斯的战功经过一波三折才被肯定。当初，方子翼师长对这一仗很不满意，敌我损失相当，等于没有战果。但当新华社发行的《参考资料》转载了美联社的消息，称戴维斯被志愿军飞机击落，佐证了张积慧的战绩后，张积慧这才终于“咸鱼翻身”。战斗中许多无名英雄被埋没，单志玉就是为了保密而长期不为人知的烈士。我在空 4 师 10 团还认识一位年轻英俊的飞行员孙兴旺，我们俩是同乡，他比我还小一岁，也是在空战中牺牲了。他们为了保卫祖国，尚未成家立业，就勇敢地走完了人生之路。无名英雄纪念碑正是为这些英雄竖立的，他们是永垂不朽的英雄。

1953 年朝鲜停战以后，抗美援朝中的英雄模范人物更加受到全国人民的尊重和爱戴。中国人民过上和平的日子，把功劳归于浴血奋战三年多的志愿军。当年 8 月下旬，志愿军组成第四届国庆节观礼团，团长为副司令员杨得志，副团长是政治部主任李志民，一行 100 多人由朝鲜回北京参加国庆活动。我作为随行摄影记者也参加了代表团工作。代表中有各兵种、各部队的代表，他们都是在抗美援朝战争中做出了卓越贡献的优秀指挥员、战斗员、政治工作人员和后勤工作人员，代表面十分广泛，其中还有已悄然回国的部队代表。代表团可以说是群英荟萃。

我一路上搜集材料拍照片，在北京打磨厂总政招待所还专门采访了代表团中 68 军 203 师 609 团副团长赵仁虎和侦察副排长杨育才。赵仁虎在 1953 年夏季的金城反击战中足智多谋，指挥若定，为整个战役胜利起到了破题的重要作用。金城反击战是我军迫使以

照片 2-7　朝鲜民主主义人民共和国最高人民会议常任委员会书记康良煜在桧仓向张积慧（中）授予二级自由独立勋章。右为志愿军政治部主任杜平

美国为首的“联合国军”在停战协议上签字，结束朝鲜战争的一次重要的战略进攻行动。战役进行了 14 天，共毙伤俘敌数万余人，突破敌人宽 45 公里、纵深 9.5 公里的防御阵地，收复土地 178 平方公里。赵仁虎介绍说，他率领 609 团 2 营进行敌后穿插作战，目标是韩国首都师的“白虎团”。该团 1950 年 9 月随“联合国军”大举北进，越过三八线侵入朝鲜城市清津港。志愿军入朝作战，“联合国军”全部溃败到三八线以南，唯有守住了东海岸金城一线阵地，成为“联合国军”在三八线以北保留的一块地盘。赵仁虎命令杨育才率领侦察小分队（其中有朝鲜人民军两名）化装成敌人，向他们下达任务：“你们 13 人就是要打掉二青洞‘白虎团’团部，路上你们消灭一万个敌人也不算完成任务。我带部队接应你们。”杨育才等领命悄悄出发。往敌人阵地纵深穿插时发现队伍后面多了一个人，杨育才命令朝鲜战士韩淡年去查一下，原来是个韩国士兵，立即缴了他的枪。身着美军服装佯装美国顾问的杨育才问他：“今晚的口令是什么？”韩国兵一听美军顾问讲中国话，吓得浑身颤抖。原来这个韩国士兵被我军的大炮震晕了，逃出了工事，遇上了我军化装的侦察小分队，以为是自己人，就跟着走。杨育才对他讲明了我军的俘虏政策，然后又一次问他：“今晚的口令是什么？”他说是“古鲁木，欧巴（云彩，冰雹）”。韩淡年晃了晃手中的匕首威胁说：“说假话，我宰了你！”韩国士兵又做了肯定的回答：“古鲁木，欧巴，没错。”杨育才得到韩国军队的口令，秘密率小分队继续向南急速插去，利用韩国军队的口令闯过了两道关卡，到了二青洞“白虎团”团部附近，只见数十辆汽车正在集结准备出发。“白虎团”团部四周都是铁丝网，中间有三排木房子，许多韩国士兵正忙着搬东西。木板房有一间大房子似是会议室，坐着几个军官正在开会。杨育才果断命令：“狠狠打！”我军战士冲锋枪、手榴弹一阵猛打，各种火力统统攻向木板房，随着两颗手榴弹巨响，没被炸死的敌人拼命向室外逃窜。这一战击毙“白虎团”团长陆根珠，歼敌70多人。赵仁虎率领部队及时接应了杨育才小分队。战后杨育才荣记特等功，被授予一级英雄称号。侦察小分队荣立集体特等功。赵仁虎指挥有方，荣立一等功，并荣获朝鲜二级国旗勋章。因为这些都是赵仁虎和杨育才接受我采访时亲口给我讲的，所以至今回忆起来仍觉得十分生动。

志愿军观礼代表中还有一位空军英雄，头戴大盖帽、身穿蓝色军裤的飞行员蒋道平。我是在桧仓志愿军总部召开的英雄模范大会上与他相识的，并采访了他。蒋道平很年轻，只有23岁，已荣获志愿军空军特等功臣、二级战斗英雄、朝鲜二级自由独立勋章等荣誉。他的革命战争经历也很丰富。他是安徽省嘉山县人，1930年5月出生于一个农民家庭，1946年参加人民解放军，1947年加入中国共产党。他先后参加了莱芜、孟良崮、淮海、渡江等战役，立二等功一次、三等功四次，职务由班长、排长升到参谋。1950年8月，蒋道平被挑选到航校学习飞行，1952年6月还没有毕业就被调到空军15师45团1大队2中队。1953年1月参加空战，他机智勇敢，先后打下了4架美军飞机。领导为了给他补习飞行课，送他到空 3 师学习，进一步掌握空战技术。但教员说："你有打下好几架飞机的经历，已经掌握了复杂飞行技术，回去吧。"蒋道平当天就又飞回到自己原来的部队。1953 年 4 月 12 日早上 8 点左右，蒋道平击落了美国王牌飞行员约瑟夫·麦克康奈尔。麦克康奈尔在美国人心目中是个大英雄，在二战期间参加美国陆军航空兵，飞行了上千小时。朝鲜战争时期，他担任美国空军第 5 航空队 51 联队第 16 中队上尉小队长，驾驶 F–86 佩刀式战斗机，曾创下击落志愿军空军 16 架米格 –15 战斗机的纪录。但是他被小青年蒋道平击落了，美国当局久久秘而不宣，唯恐颜面丢尽。

志愿军国庆观礼团团长杨得志和副团长李志民平时住在总参王府井帅府园招待所。一天，李志民的秘书对我说："李主任请你到他家一趟。"李志民已经代替杜平为志愿军政治部主任，有时直接找我下达摄影报道任务，他平易近人，关心下级干部。李主任所谓的"家"，实际也是总政在打磨厂的一处招待所，距离代表团驻地很近，是一处院内有走廊的老旧四合院。当时杨得志副司令员的家属也在此院里住。李主任说："今天不是工作任务，轻松一下。给我们两家人照个全家福吧。这些天你太忙了，一起吃顿便饭。"给他们拍完照片，首长还请我一块儿吃饭。饭桌很大，人很多，杨副司令员及其夫人，李主任及其夫人，一群孩子，大家围了一大桌子。菜肴很丰盛，有一盘叫腊肉炒苦瓜。我觉得挺新鲜，过去没吃过，很好吃。吃完饭，李主任叫我以他的名义写一个报告给总政秘书长，因为志愿军要出一本《光荣的中国人民志愿军》画册，需要申请经

照片 2-8　在三年抗美援朝战争中，志愿军涌现出 30 多万英雄、模范和立功人员，有 35 万多人荣获了朝鲜民主主义人民共和国的勋章和奖章

费。我找到一间房子去写报告，完稿后交到他手里，他看后说："这样写不行。"他自己动手用毛笔写好，然后交给了秘书。我写的为什么不行，他没说，我一直心里不明白，但也没好意思问。

参加国庆观礼以后，周围的人们都洋溢在兴奋之中。晚饭后有空闲，代表们三五成群走进大栅栏的商店游逛，并不一定去买什么东西，况且口袋里也没有多少钱，而是去看看北京市场上的繁荣景象。有的代表说："看到祖国有那么丰富的东西，要什么有什么，不买看看也是幸福。"

北京市第 40 中学校长丁塞老师找到了我，要我去他们中学给高中学生讲战斗故事。我发怵，怕讲不好。丁塞是我中学时的班主任，学生怎能拒绝老师给的任务？于是我就硬着头皮去讲了。没想到效果很好，也得到了丁塞老师的表扬。我回到招待所，招待员告诉我："今天总政请代表团全体吃烤鸭，你没赶上，多遗憾。"我走出招待所，鬼使神差地走到了鲜鱼口便宜坊，自己掏钱吃了一盘烤鸭给补上了。

三　血染上甘岭

1952 年秋，美国第 8 集团军司令官詹姆斯·范弗里特，为了给美国在开城举行的朝鲜停战谈判增加筹码，发动了金化攻势，向三八线以北再次推进，向志愿军 15 军防守的五圣山前沿阵地发动了大规模进攻，妄图逼迫中朝在停战谈判桌上让步。从 10 月 14 日开始，仗打得越来越大，越来越激烈。志愿军政治部宣传部王永年副部长传达了志愿军首长的指示：“我们不能打哑巴仗，要派记者到平康前线报道。”于是，我和新华社志愿军总分社记者阎吾、王玉章和路云，立即出发上路，途经朝鲜东部山区的阳德郡（县）的兴高山地区时，已是半夜时分。我们乘坐苏联嘎斯 –51 型越野车（小型吉普类）登上半山腰，环顾四周，公路在山岳中盘桓延伸，开往前线的汽车车灯如萤火虫成串飞舞，又如繁星倒垂落地，一眼看不到尽头。空旷静谧的大地显得缥缈摇曳，宛如一轴清新的夜景画卷，使人难以想到这里是已临近激战的前线。可是转瞬之间听到由远及近的几声枪响，打破了宁静，路旁有人喊："扁鸡一索！（朝鲜语，意为：飞机来了！）"细听上空的沉闷爆音，为美军的 B-26 轰炸机在盘旋，而随后投下的照明弹高悬在空中，发出刺眼的青色强光。紧接着，敌机又投下数枚炸弹，还有燃烧弹，轰隆声震撼山峦，大火熊熊燃起，硝烟直冲苍穹。不少汽车中弹起火了。与此同时，山头上的高射机枪和高射炮也展开了对空射击，一道道黄色的、间有绿色的曳光弹飞向敌机，这是夜间为射手指示弹道轨迹提高命中率发出的信号标。此情此景构成了战地难得一见的绚丽场面。由于没看见敌机被击落，我不免遗憾。此时公路上的汽车车灯都关闭了，顿时周围大地一片昏暗，只能看见敌机投下的燃烧弹火焰映照天空，一阵浓烈呛人的燃油气味扑面而来，瞬间山野变成另外一番景象。有人上前扑救被炸车辆，发出"救人！救人！"的呐喊声。路边防空哨兵摆手势指挥我们的司机赶快开走，告知兴高山地段是敌人飞机重点封锁区，一会儿敌机肯定还会来的。朝鲜战场上，公路运输线上有专职的防空哨兵，一旦上空有敌机，白天挥红旗示意，夜间就鸣枪示警。志愿军在朝鲜尚没有掌握制空权，这是对付敌机空袭的有效手段，极大地保护了汽车运输线。担任防空哨兵任务的部队有许多，有的来自步兵师、警卫团，还有的是从国内来的公安部队。在长达 2500 公里的公路干线上，有 1300 多个防空哨位，警惕地注意着何时有敌机空袭。

我们几人抓紧时间赶路，直奔志愿军 15 军防区。军部在平康郡道德洞（村）的一条山沟里，距离前沿阵地约 30 公里。当我们赶到军司令部，正值中国人民赴朝慰问团第三分团来军部慰问。秦基伟军长建议我们记者先和慰问团的代表一起听张蕴钰参谋长汇报战况，然后再下部队采访。张参谋长说在平康郡东南方向的五圣山南坡上有 597.9 高地和 537.7 高地（军用地图地形标高），那里战斗进行得最激烈。五圣山是朝鲜中部战场的制高点，是我军平康地区的屏障，最高处海拔达 1000 米，而那两处高地又是我们主阵地前沿的重要支撑点，它们的得失直接关系到我军东线整个防线的安危。张参谋长简要地说了几句话以后，叫 15 军政治部宣传部长钱抵千向我们介绍详细情况。钱部长讲战绩和战地故事很具体、很生动，也有政治思想内容，很适合记者的口味和采访的要求。他又送了我们每人几份最近 15 军政治部出版印刷的《战场》小报，上面第一手材料更多，文字记者如获至宝。可是我却因拍摄不到现场照片心里着急。听完情况介绍，我也没等政治部派个战士帮我带路（其实当时军机关的干部战士都上火线了，也许根本就没人可派），问清楚去前沿阵地的方向路线，又在采访本上画了一幅简单的路线图，就独自一人往前线方向奔去。10 月中旬，朝鲜天气已经很冷，汗水湿透了我的军棉袄，外面结了一层薄冰。背囊里的摄影器材很重，三台照相机连带底片有 20 多斤，路远无轻担，走得又急促，简直压得我喘不过气来，想坐地上休息会儿又不敢，因为这里是敌人的火力封锁区。我只得拼命地跑过这一危险地带，总算顺利到了德山岘的前线指挥所。指挥所在一处凿开不久的小山洞里，纵深也只有五六米，宽四五米，外墙用当地山上砍伐下来的松树原木搭成，在一条山沟的半山坡背阴处，上下是崎岖不平的土路。这里是美军地面炮火轰击的死角，比较隐蔽、安全一些。一名战士带领我到附近的防空洞歇脚。

敌人飞机接连不断地轰炸，忽然，被战士称为“油挑子”的两架美军 F–80 战斗轰炸机从东侧高空猛然俯冲下来，同时还有两颗“黑点”也伴随着一头扎了下来，发出震颤心弦的奇怪声音。这种充当心理战武器的声响我在解放战争中听到过。那是 1946 年，我们张家口铁路学院从张家口撤退到蔚县时，曾遭遇过这种怪异恐怖的声音。据资料披露，首先利用这种飞机俯冲时发出的恐怖音频的是德国法西斯空军，曾使部分波兰军队不知所措，丧失了战斗力。说时迟那时快，我急忙往眼前的一个防空洞躲避。正值这一刻，一位朝鲜人民军军官往外跑，我俩撞了个满怀。我顺势把他按倒在地，瞬间防空洞里爆满烟尘土石,防空洞盖子被掀去。我从泥土中爬起来，耳朵里嗡嗡作响，别的什么声音也听不到了，嗓子发干，喉咙呛得咳嗽。我的军棉袄已破碎开花，露出了棉絮。一台德国蔡司–伊康 120 照相机被炸坏，我心疼极了。那位朝鲜人民军大尉晕过去了，我连忙掐他的人中，一会儿他才慢慢苏醒过来。我俩满脸都沾满了灰土，他穿的苏联式灰色呢子军大衣，凡是机器缝的线都断开了，像是几条帐幔挂在身上摆动。他会讲汉语，紧握着我的双手忙不迭地感谢，说一生不会忘记我出手相救，他自我介绍叫柳永植。我们防空洞附近有几名同志非死即伤。说来也怪，虽说有惊有险，但是我们俩人都没伤到皮肉筋骨，只是受到冲击波的强烈震荡。有人说我们俩是“中靶不中环”。

上甘岭战斗打响前有明显的征兆。15 军将 44 师的主要力量投放到了五圣山西侧的西方山方向，计划择机歼灭西方山对面的敌人，打碎敌人觊觎已久、攻占我军把守的平康丘陵地带的企图。倘若敌人攻破西方山，我军后侧方上百里的地段将受到严重威胁，然而敌人选择攻击的是我军防御薄弱的上甘岭阵地。詹姆斯·范弗里特是美国陆军四星上将，麾下有 41 万多人马，这使得他刚愎自用，出手不计后果。上甘岭战役（美军称“金化攻势”）开始之前，他乘着直升机三次视察美军盘踞的金化、铁原郡一带，以及我军控制的平康郡地区。为了隐藏进攻意图，美军白天运兵车上插上小旗后撤，坦克在金化至铁原的公路上招摇驶过，企图给我军制造平安无事的假象，夜间再秘密增兵金化地区。从 10 月 12 日开始，美军向我军阵地连续两天炮击，飞机不断轰炸。14 日拂晓，美军第 7 师、韩军第 2 师共 7 个营的兵力，在 300 余门大炮、20 余辆坦克及大批飞机的掩护下，于凌晨 5 时许，分成 5 路向我军 597.9 高地和 537.7 高地同时发起进攻。坚守这两处高地的部队是 15 军 45 师 135 团的 9 连和 1 连，两个连队依托坑道和残存的野战工事顽强抵抗，当时提出的口号是：“坚守阵地，寸土不让。”他们先后击退敌人几十人至几百人的 30 多次进攻，杀伤了大量敌人。我军野战工事悉数被摧毁，部队伤亡很大，弹药消耗殆尽。当日下午两个高地上的野外阵地大部分被敌人占领，到晚上我军部队冲出坑道又把

照片 3-1　朝鲜人民军高射机枪配合志愿军打击美军飞机

照片 3-2　上甘岭战役中，位于五圣山北坡德山岘的我军前线指挥所

阵地夺了回来，部队也得到了补充和增援。

45师135团7连连长张计发描述当时的战斗情况说，10月5日，他到2排的阵地上检查新修的坑道，没走多远听见一发炮弹打过来了。他卧倒的时候，觉得手麻了一下，起来一看小手指头断了，耷拉着冒血。通信员赶快给他拿绷带包住，出血过多不好包扎，他干脆就把被炸断的指头拽掉了再包扎。挨过了三天，营长发现他负了伤，命令他必须进医院。当他住到第8天的时候，上甘岭战斗打起来了。他急着要出院，医生不允许，他找到团长张信元要求回连队去，团长说：“别人都可以回去，你不可以回去。”团长的心思是要保留一批干部种子。10月25日，团长叫他回到连队，并说他们连打得很好，但伤亡很大，现在撤下来补充了一部分新兵，要抓紧时间训练。他们连当前的任务是“什么地方失守了，就把什么地方夺回来”。现在已经有4个阵地失守，敌人有3个多连的兵力，300多人。7连只有182个人，所以指导员给大家讲，今天晚上的任务不同于一般：第一条，不抓俘虏，你抓一个人，还得用一个人看着；第二条，轻伤不下火线，重伤不叫苦；第三条，动作要凶猛，你厉害敌人就会软蛋。他们连一晚上把4个阵地都夺了下来，打死敌人200多，缴获轻机关枪32挺、重机关枪4挺、2门炮。他们连也伤亡了80多人。

张计发连长还说：我们7连出了三个战斗英雄，李忠先、孙占元和易才学。2排排长孙占元10月14日那天率领全排担任突击任务，反击597.9高地的敌人，他们跃出坑道发起进攻，被敌军四个火力点拦阻住。孙占元命令5班副班长李忠先前去炸掉敌人一个火力点。当时敌人火力厉害，上不去，李忠先就跟同志们讲：“咱们是突击排的突击班，我们一定把口子打开，给我们连开道，同志们掩护我。”他提着机枪，带上两根爆破筒爬出战壕，随后拉开爆破筒引信就跳进敌人的工事，地堡被炸塌，他也壮烈牺牲。孙占元带领突击排在爆炸声中连续爆破几个敌火力点。敌军疯狂地反击，孙排长腿部负伤，为了不影响士气，他一声不吭，命令易才学带两名战士去炸敌人地堡，自己用机枪掩护。易才学发现排长声音颤抖、脸色不对,仔细一看,排长的腿被打断了,身边都是血。易才学说:“排长，你得马上下去，这里有我们，你放心！”说着就要背排长下去。孙占元说：“我是排长，任务没有完成，我不下火线。”孙占元临危不惧，舍生忘死。山下敌军又开始往上爬，孙占元命令易才学去爆破敌军火力点，自己用机枪掩护。易才学乘机绕到敌军火力点的侧后，将手雷投了过去，随即用机枪对着残存的敌人扫射。等易才学跑回孙占元身旁，大声呼喊“排长！排长！”时，却没人回答，他凭借着战场上时明时暗的火光，看见排长已是血肉模糊，身下压着一个敌人尸体，周围还倒着七个敌人。原来是两腿被炸断的孙占元在弹药用尽后，爬到敌军尸体堆里，解下手雷继续战斗。当敌人扑到身边时，他毅然拉响了最后一颗手雷，与敌人同归于尽。他的硬骨头行为，惊天地，泣鬼神。易才学吼着“为排长报仇！”，端起机枪与战友们一起向2号阵地发起冲击，全歼残敌，收复了阵地。孙占元1925年生于河南省林县，1946年2月参加中国人民解放军，1948 年 2 月加入中国共产党，作战英勇顽强，曾先后五次立功，在上甘岭战役中被评为特等功臣、一级战斗英雄。7 连还有一位埋没很长时间的英雄李忠先，原名李克先，山东人，1928 年生，1949 年 5 月参加革命，中国共产党党员，部队给他追记特等功，授予二级战斗英雄称号。战争年代部队经常整编，番号改变，档案文书材料不完备，为了弄清楚李忠先的出身履历，部队费了很多周折。活着的英雄易才学也是 135 团 7 连的战士，1930 年出生在贵州金沙县花底乡，上甘岭战役中荣记特等功，获得志愿军授予的二级战斗英雄称号，由于战斗中身负重伤，评为二等乙级伤残军人，后来复员到贵州从事地方工作。

10 月 18 日夜，15 军 45 师 135 团 8 连奉命上 597.9 高地换防，连长李宝成带领全连趁黑夜走半山坡摸进 1 号坑道，任务是继续坚守坑道阵地。李连长年方 21 岁，来自河南省林县的子弟兵，是土地改革后的翻身农民，16 岁就参加了解放军，受到师、团领导重视，获重点培养，即便把最艰巨的任务交给他，他也能顺利完成，不辱使命。他进入 1 号坑道指挥 8 连度过了最艰难的日子。1 号坑道口被敌人严密封锁住，人员进不去也出不来。坑道可以保存有生力量，可是没有吃的，没有水喝，每天每个人吃不到半个馒头，喝不到半碗冷水。有人想要喝自己的尿维持生存，但人没有水喝哪来的尿！有的伤员得不到及时抢救停止了呼吸。战士们不得不在坑道里排泄，加上坑道里人多温度高又不通风，牺牲同志的尸体也无法运走，因此空气龌龊不堪。敌人运用各种武器封锁坑道口及通道，

照片 3-3　15 军 45 师的战士坚守坑道适时打击敌人

后勤人员付出巨大牺牲也无法接近坑道口。军、师、团各级司令部多次派一个排兵力、一个连兵力，背负物资去补充坑道里的急需供应，往往运输部队尚未到达坑道口就牺牲在半路上。1 号坑道里面挤着 80 多人，他们来自 16 个连队，其中伤员就 50 多人，都是仓促就近撤进这个坑道的。上级用报话机命令坑道里的人员：凡是坑道里的人统归 135 团 8 连连长李宝成指挥。1 号坑道内有两条大坑道，还有几条小坑道相连在一起，全长 70 多米，坑道内高仅 1.5 米，宽度还要再小点儿。坑道所处位置在半山腰处，坑道顶部厚约 30 米，都是坚硬的岩石，不然早就被炸塌了，坑道有两个出入口面向着我军五圣山方向。在 14 个昼夜的坑道坚守战斗中，混合编成的 8 连指战员普遍患上夜盲症和皮肤溃疡。战斗无休无止，部队大量减员，上级不断补充兵员，1 号坑道先后聚集过三四百名战士。敌人多次把坑道口炸塌，战士们奋力一次又一次再把它挖开。为了保住坑道口通气，先后牺牲了 30 多个同志。为保护住坑道口，青年团员赖发均手足被打断仍然战斗。当敌人逼近时，他用牙齿咬住拉弦，引爆手榴弹与敌人同归于尽。电话员牛保才在敌人炮火下三次完成了架线任务，最后腹部以下被炮弹炸烂，但是他还是紧紧攥住电话线两头，使电流通过他的身体，将指挥所的命令传达到前沿阵地。敌人在坑道口附近修筑地堡蹲守，用火力严密封锁坑道口，用球形铁丝网堵塞坑道口，还往坑道口里投掷硫黄弹，致使有人中毒昏倒。直到 11 月 5 日，上级命令由 12 军部队接防 597.9 高地，8 连才走出 1 号坑道，原 8 连建制中的官兵仅仅还有 8 人活着。该连在战斗中三次被打光又重新补充再组建起来，被誉为打不烂的“钢铁八连”。14 昼夜的战斗，共歼敌 1600 余名，缴获无后坐力炮 1 门，火箭筒 1 具，轻重机枪 10 挺，卡宾枪、步枪 28 支。8 连前后总共伤亡多达 321 人。他们坚韧的战斗作风和用鲜血与生命意志换来的战绩，证明了这是一支骁勇善战的连队，他们继承发扬了红军、八路军、解放军时期的光荣传统。这个连队坚韧不拔的战斗精神，活像是一把用镔铁锻造的宝刀，永久锃亮生辉。

半个多月以来，上甘岭的天空总是烟尘漫天，即使短时间听不到炮声，空气中仍旧充溢着呛人的硝烟。敌人丢弃的尸骸是无人愿意去清理的，他们不愿为此去冒生命危险。我军烈士的遗体战士们在夜间千方百计要拖回坑道，即便付出牺牲的代价也要使战友回归入土。上甘岭是中国人民志愿军胜利的地标、中国勇士无畏鏖战的擂台，也是战友间真情流露的高地。这一切都成为参加战斗的人们一生难以忘怀的经历，永远烙印在心灵深处。他们永生不能忘记那片山峦。

11 月 5 日，志愿军第 12 军 31 师接防 15 军 45 师阵地，投入上甘岭战役。各级指挥员不断学习总结 15 军前一阶段的作战经验，提高战术指挥水平，力求愈打愈精明，愈战愈老练，战士也愈战愈灵活机动。敌人炮火猛烈时，就用很少的人员坚守阵地，将主力撤入坑道，保存有生力量，等待时机出击消灭敌人。31 师急速在 597.9 高地周围抢筑了简易土石工事，91 团运用“小组出击，单兵作战”的战术与敌人展开周旋，消灭敌人。新战士胡修道和滕土生

照片3-4　12军31师突击队在坑道口准备出击，地上是战士们惯用的“莫洛托夫手雷”，是一种敌人惧怕的武器

照片3-5　志愿军12军31师顽强坚守阵地

是第一次与敌人面对面战斗，有些慌神。当敌人第一次向阵地冲来时，胡修道紧握爆破筒的手渗出了汗水，眼看着敌人越来越近，班长一声令下，胡修道就拼命地往敌群投弹，直到班长抓住他的手腕，才知道敌人已被打退了，要节省弹药。在当时，前沿阵地上的后勤供应极端困难，弹药和生命一样宝贵。不久，两个多排的敌人在炮火的掩护下又发起了第二次进攻。胡修道和班长集中火力向分散的敌群左右两路射击，迫使敌人往中间靠拢，他们从山上往下面敌群中狂扔手榴弹，打得敌人四散逃命，老兵带的新兵迅速成长为骨干战士。志愿军领导机关为了让新战士尽快适应战场，指示各部队采取"一看、二打、三带"相结合的举措，加速把新兵培养成老战士，实战证明这一包教包学的方法非常有成效。首先由一个老兵带一个新兵上阵地，第一次老兵打新兵看，第二次新兵打老兵指导，第三次新兵老兵一块儿打。用这个办法，胡修道和滕土生在班长带领下打退了敌人两次冲锋。俩人很快就成长为"老战士"了。连长朝他们挥手，他俩立即又突破敌人封锁，赶到 10 号阵地，那里只有一个挂了彩的战士。胡修道和战友又击溃了敌人的多次进攻，守着阵地。排长郭三旦向他们匍匐过来进行支援，但一发炮弹在排长身边爆炸了。排长临终前说了一句："死也要守住阵地！"排长牺牲了，滕土生又被调走，只留下胡修道一个人坚守阵地。他正准备吃点干粮时，一群敌人又蜂拥而上。几个战友跑过来支援，并说："连长命令你快速回 3 号阵地。"敌人坦克、大炮轮番攻击，那里吃紧了。胡修道依靠着所剩不多的弹药，在 3 号、10 号阵地间来回往返地打，打退了敌人多次进攻。战场上出现了这样的奇迹：在战况异常惨烈、敌我兵力悬殊的状况下，胡修道居然在密如雨点的子弹、炮弹片中穿梭战斗，如有神助般挡住了敌人！正在这时，周围阵地上也响起了战斗声。31 师预备队出击了，敌人再次溃逃。胡修道一人坚守的时候，连里派来增援的两个战士都不幸牺牲。胡修道也负了伤，军衣上都渗出血来。这一天，他和战友打退了美国、韩国军队在坦克、大炮掩护下的 40 多次进攻。胡修道在上甘岭上翻江倒海，勇冠三军，创造了志愿军战士一人一天消灭 280 个敌人的纪录，守住了多处阵地，成为一名孤胆英雄。胡修道是 12 军 31 师 91 团 5 连的新战士，荣立特等功，获一级战斗英雄称号，并获得“朝鲜民主主义人民共和国英雄”荣誉称号。胡修道 1931 年生于四川省金堂县，1951 年 6 月参加中国人民志愿军赴朝作战。胡修道是志愿军陆军中为数极少的安然返回的一级战斗英雄。

在上甘岭战役进行的过程中，中国人民志愿军与“联合国军”的较量逐渐发生了微妙的变化，一个月来的鏖战，敌我力量的天平不时左右摇摆，但总的是向志愿军方面倾斜。我军显示出来的战斗意志日益强劲，敌人暴露了后劲不足的征兆。随着战役时间的延长，志愿军炮火威力大大加强，弹药充足，供给改善；而敌人的锋芒受到挫败，炮击量比开始时弱下来不少，夺取阵地冲锋时的人少了，呼喊声也小了，行动慢了下来，冲锋时还需督战队监视着，这一切都反映出敌军战斗力的削弱。此时我军虽然也疲惫不堪，但比起敌人的精神状态要好，尚有后劲，令敌人一筹莫展。战役开始时，敌

照片 3-6　1952 年 11 月 11 日，上甘岭地区降了头场雪。12 军 31 师 92 团冒雪向 537.7 高地反击

照片 3-7　12 军 31 师利用风雪漫天的气候条件掩护，使用无坐力炮消灭敌人的掩体工事

人的炮火异常猛烈，给我军造成重大伤亡，美军已经出动上千架次飞机，投放各种炸弹、燃烧弹数以万计，发射上百万发炮弹，上甘岭的山头被削去了两米，我军一些坑道被打短了三四米。如果不是有纵深坚固的坑道做掩护，任何地面上的生命早都不复存在了。美军为这种不停顿的狂轰滥炸造出一个专有名词“范弗里特炮击量”。我军伤亡人数的 70％以上是被敌军炮火袭击所致。美军将上甘岭我军阵地一带称为“三角形山”，周围仅有约 3.7 平方公里的面积，也就是说这块地方只有八九个天安门广场大小，但承受的炮弹和炸弹比任何一处战场都多。上甘岭战役之所以闻名遐迩、震撼中外，是因为西方报纸大量报道了“联合国军”与中国人民志愿军的这场争夺战，它空前激烈，双方伤亡巨大。

战役初始，也就是自 10 月 14 日前后至 20 日左右这一阶段，我军阵地遭受敌人炮火破坏严重，形成白天敌人进攻，入夜我军反击，双方在两个高地上反复争夺的局面。随着战役向前发展，我军指挥员的决心日益坚定，广大指战员奋勇杀敌，尤其是我军的炮火集中了，火力加强了，各个炮兵部队的战术、技术水平也得到了迅速提高。

我们的武器都是从苏联购买来的，没有苏式武器无法和装备现代的美军抗衡到底。武器是军队的命根子，如果没有优良的武器保障，与武装到牙齿的美帝国主义侵略军抗击，很难有把握笑到最后。美军控制了天空，地面火炮多，弹药充足，所以不吝发射。我曾捡到一张美军的心理战传单，上面写着：“中国的人，朝鲜的地，苏联的破武器。”这当然是敌军的宣传，苏联的武器并不破旧，还是蛮厉害的，令美军尝到了苦头。到1952年，志愿军各炮兵群大都换上了苏式大炮。炮兵的威力越战越显露出来，步炮协同得当，可谓做到了指到哪里打到哪里，步兵很满意炮兵们的战术配合，自身的威力也发挥到了极致。上甘岭战役之后，我采访过志愿军司令部炮兵指挥所匡裕民主任。据他说，上甘岭战役后期，我炮兵总兵力已达4万人。当时由炮7师师长颜伏、炮2师参谋长王大田和15军炮兵副主任靳钟等同志组成前线炮兵司令部，负责统一指挥。秦基伟军长也曾说过，我军歼敌1个连，需要集中30多门炮，消耗炮弹近1万发。战斗进行到决胜阶段，志愿军炮兵第2师、第7师，60军炮兵团、火箭炮209团也参加了战斗。火箭炮团装备的是苏联制造的喀秋莎M–13火箭炮，弹长1.2米，发射距离6600米。这种炮弹爆炸后剧烈燃烧，使得敌人表面阵地上一片火海，令敌人丢魂落魄，以至有韩国兵被俘虏之后，说我军使用了原子弹，太可怕啦！不过，喀秋莎炮弹十分昂贵，每枚价值高达1两黄金。一个团单位齐放是600发，前后一共打了七个半齐射，这是多大的耗费！

在上甘岭争夺战的日日夜夜，志愿军炮兵第7师20团3营8连曾经多次受到步兵表扬。8连战斗减员后，指战员们依然以高昂的战斗情绪忘我杀敌。炮手张瑞臣连续两夜没有休息，一整天没有吃饭，手被烫伤，仍坚持装填了650多发炮弹。敌机投掷汽油弹，大火烧到火炮，他奋力抢出了瞄准镜，并将烈火扑灭，保住了火炮及200多发炮弹，战后被评为二级战斗英雄，获特等功臣称号。8

连全连被记集体一等功。2 营 6 连支援坑道部队作战，配合步兵举行小型反击，定点打击敌人，保护我前沿阵地上的坑道口，半个月配合步兵歼敌近 1000 人，记集体二等功。20 团司令部指挥连电话兵金耳世配属 9 连执行通信保障任务。电话线不时被炮弹炸断，金耳世接好一个线头继续向前，当查到下一个断线时，突然一排炮弹在他附近爆炸，巨大的气浪将他掀翻倒地，左膝盖处被炮弹炸断，鲜血直往外流，仅剩一根筋连着大腿，他直接昏迷过去。当金耳世苏醒过来，他忍痛用绷带捆住断腿，拖着断腿仍坚持向前面断线处爬行 20 多米，接好被炸断的线头。随后再次昏迷了过去。当战友们找到金耳世时，他尚一手捏着电话线一手拿着接线钳，但终因流血过多抢救无效而牺牲。志愿军领导机关追认他为特等功臣。志愿军炮兵第 7 师是一支战功卓著的部队，参加过济南战役和淮海战役，擅长打硬仗，打恶仗。上甘岭战役中，全师击毁、击伤敌人火炮数十门，坦克 15 辆，汽车 42 辆，地堡 67 座，击毁、击伤敌机 41 架。该师有 136 人受伤，79 人牺牲。炮 7 师 37 门大炮参加上甘岭战役，发射炮弹 5 万余发。

上甘岭战役打到 10 月底，范弗里特损兵折将，自忖已无取胜的可能，再打下去会输得更惨。因此，美军承认“金化攻势”失败了，悄然偃旗息鼓。但是，“联合国军”也并非一无所得，占得我军山脚下最前沿一个班阵地。因为这一阵地太突出孤立，无法保障后勤供应，难于长期坚守，所以我军未加收复，留给了范弗里特做纪念。上甘岭战役结束后不多久，詹姆斯·范弗里特被美国军方指

照片 3-8　炮兵 7 师德山岘阵地上大炮正向美军阵地发射

照片 3-9　上甘岭战役中朝鲜平康郡下松里群众热情支援志愿军，跋山涉水运送伤员到战地医院

令提前退休，回到故乡养老去了。他的儿子小范弗里特是一名B–26轰炸机驾驶员，夜间轰炸我军运输线时被击落丧生，未能同他爸爸一起回归故里。

1952年，只要到过上甘岭的人，都会引发出爱憎分明的情感，激起珍爱和平、憎恶战争的心绪。从俘获人员口中也得知，他们不愿意打仗，是不得已而为之，要服兵役尽义务，还要赚钱养家糊口。

上甘岭激战之际，中国人民第二届赴朝慰问团三分团，10月16日到达志愿军15军防区，成员多为西南几省的有代表性的人士。坚守在坑道里的战士们得知慰问团来到前线，抽时间在坑道里写出了数封信，有一封这样写道：“亲爱的慰问团同志，你们代表着祖国人民和毛主席的热爱来看我们，给我们带来了很多慰问品，我们是非常高兴和感谢的，请你们回去告诉祖国人民和毛主席及我们的母亲们，我们完全有决心和力量把敌人消灭在我们的阵地上，确保五圣山门户，为597.9阵地战斗到底！”45师135团6连战士黄继光就是在这期间（10月20日）舍身炸掉敌人地堡光荣牺牲的。他在出击前对战友说:“告诉祖国人民慰问团,听我胜利的消息吧！”他的豪言壮语掷地有声，他的言行重如泰山，他的精神永垂千古！

慰问团要求到前沿阵地去看望子弟兵，秦基伟军长说：“祖国人民慰问的心意我们全军指战员都领受了，可这里是炮火连天的战场，不安全呀！”最后决定派昆明市劳动模范牛汝森和部队青年作家陆柱国代表慰问团到五圣山上45师指挥所和坑道进行慰问。我在45师指挥所碰到陆柱国同志，我们还交换了互相采访到的素材，都感动于上甘岭上的英雄事迹，都认为用笔墨难以真切地反映出来。坑道里的战士听说慰问团要来，把坑道打扫好，扩音机播放着《志愿军战歌》和《歌唱祖国》。两位代表在欢呼声中走进坑道，他们把慰问品送到了前沿阵地，和战士们开了战地慰问会。前沿的每位战士获赠一只搪瓷缸，上面的红漆大字是“赠给最可爱的人”，这对前线指战员起到了极大的鼓舞作用。有人把刻着“祖国——我的母亲”的烟嘴叼在嘴上，不是用它抽烟，而是高兴地亲吻，舍不得放下。有的水果糖的纸袋子上印有“打倒美帝国主义侵略者！”的标语口号，有的慰问袋子上还印刷着“我们热爱和平”的画片，两个活泼可爱的孩子怀抱着白色的小鸽子微笑。香烟有“光荣”牌、“永久”牌，还有上海“牡丹”牌的，多是当时驰名的品牌。坑道生活极容易让人染上吸烟的嗜好，尤其是人在饥饿的时候，用香烟代替食物，吧嗒一下嘴巴聊以自慰。我就是在上甘岭的坑道里学会吸烟的。当时人们流行一句似是而非的话：吃糖是甜的，抽烟是香的呀！环境具有感染力，形成一股风气，好事坏事都如此。

慰问团的到来大大激发了指战员们抗美援朝保家卫国的激情。在战地，人人都怀念家乡，回想过去的美好时光，哪怕是一件很小的事情，很短的一瞬间也许会冲撞出火花，迸发出一股精神力量。只有打败美帝国主义侵略军，才能回到故乡与父老乡亲团聚，享受故乡的田园美景与风情。慰问团送来的不单是慰问品、慰问信，更重要的是送来了祖国、家乡、亲人和朋友的温暖和深情厚谊。这就是慰问团给指战员们带来的最珍贵的礼物，既是物质的，也是精神的。

上甘岭战役空前惨烈，志愿军 15 军、12 军及其他参战部队付出了极大代价，总共牺牲近 8000 人。他们仍然活在生者的心中，他们的事迹被一代代人念念不忘。由于是在战争年代，也有许多烈士的姓名被埋没。名字记错了，部队番号改动了，使得一些英雄人物的事迹无从记录。虽然历史是人写的，但是并非每位英雄人物都会被写入历史。许多无名英雄为保卫新中国而流尽最后一滴血，但是没有留下姓名，因为他们的战友也牺牲了，再没有人提起他们生前的壮举。有的人连尸骨都未能找到，消逝在焦土之中。作为一名亲身经历过上甘岭战斗的过来人，我只能由衷地希望，他们热爱祖国的伟大精神、献身祖国的牺牲精神，会永远牢记在生者的心上。我们暂且将哀思寄托到无名英雄纪念碑上吧！他们在异国他乡沉睡于蓝天下黄土中，有战友的陪伴，但愿我们的后代永远都怀念他们，永远都会祭奠他们的英灵，让英灵不孤独！

四 朝鲜停战前后

自从1951年7月10日开始，“联合国军”与朝鲜人民军、中国人民志愿军在开城举行的停战谈判已历时两年，谈来谈去总是谈不拢，主要是两大问题：一是军事分界线的划分；二是如何交换双方被俘人员。谈判会场由开城市区的来凤庄改换到更靠近军事对峙的三八线附近的小村庄板门店。

所谓三八线，是指地球的北纬38度线，正好穿越朝鲜半岛中部地区，它的产生也颇为巧合。1945年日本投降前，美国五角大楼的参谋人员在朝鲜地图上画了一条美军、苏军对日军受降区域的分界线。这条线横穿朝鲜半岛，长约300公里，翻山越岭，穿田过河，把朝鲜半岛一分为二，南北方的区域大致相等，但这一划分遗患无穷。当时的三八线以南是农业区，人口约占全国的三分之二。三八线以北是工业区，有全国大部分的工厂矿区。

开城是一座古城，公元918年至1392年高丽王朝的古都，位于三八线偏南一些。中朝停战谈判代表团住在开城市区。开城街道不宽，沿街有不少朝鲜老式的飞檐高脊房屋，两旁有不少专卖高丽参的店铺，还有一些丝绸小店、辣椒铺、理发馆等，有的招牌上还是汉字。街上行人着装素雅，妇女穿短白褂黑长裙，老汉戴无翅的乌纱帽。这里好像距离战争很远，距离现代生活也不近，看上去古色古香。朝鲜停战谈判会场原来在市区西北2公里的高丽里广文洞的来凤庄，是一座坐北朝南的大宅院，房前有条石砌成的花坛，中间有一棵大松树。中国人民志愿军谈判代表团驻在来凤庄西南方不远处的另一座别墅内，背后是巍峨的松岳山，登上山可以眺望开城，整个市区一览无余。

1951年10月25日，根据美方的要求，朝鲜停战谈判会场从开城的来凤庄移至板门店。板门店位于开城东南约8公里的地方，距离美军前进基地汶山市仅有十几公里，更靠近美军占领的地区。板门店是个仅有几户农民的居民点，几间草房已经破旧不堪，居民早已离去。村东是砂川河，从北向南潺潺流入黄海。

新修的停战谈判会议室是一所长方形的东西向木板房子，坐落在开城到汶山公路的北侧，用木架搭成，四壁用芦苇席子围就，东西两面各有一道门，双方举行会议时，“联合国军”代表从东门进出，朝中方代表走西门，互不影响，各走各的路。房子里中间摆着一张长桌，上面插着联合国的旗帜和朝鲜民主主义人民共和国旗帜，两面旗都很小，各约一尺见方。以此屋为中心，半径1000码(合914米)

之内为会议中立区。谈判中心小屋东西两边都是临时搭起的绿色军用帆布帐篷，提供给双方工作人员和新闻记者用作办公与休息。会场上空等距离悬挂着四个涂着红条的大气球，晴天时，数公里以外都看得很清楚。晚上由四台探照灯直射气球，起到警示作用。由于这里是朝鲜停战谈判的所在地，各国的新闻记者云集于此，成为全球一处热点新闻发布中心，吸引着全世界人们的目光。

我是1953年4月中旬由志愿军政治部驻地桧仓赶到开城采访的。临近“五一”节的一天，志愿军政治部主任杜平的秘书在电话中对我说，首长要我去给李克农队长照相。我知道李克农是我方停战谈判代表团的领军人物，中国外交部副部长兼军委情报部部长，现在指导停战谈判，为不暴露其真实身份，对外大家称他为“队长”。他中等身材，较胖，戴黑边眼镜，穿高筒马靴，蓄着小胡子，为人严肃认真，不尚言谈，心中有数。我给他照完相，他说：“放大一些，多放几张。”我未加思索回答道：“好，我回去请示一下。”谁知他很不高兴地说：“不要了！”我一时摸不着头脑。杜平主任是我的顶头上司，急忙为我打圆场说：“你这个小同志，怎么这样不会说话，你应该说：‘是，照片放大些。’”我发觉自己说话唐突，惹得首长不高兴了。其实，我没有拒绝他的意思，只是在想如何才能制作好。李克农到一边去溜达了，不再理我。事情虽小却令我有所悟，此首长非彼首长，与众不同啊。停战谈判代表团的二把手是乔冠华，外交部政策委员会副主任委员兼国际新闻局局长，也是为了保密，大家称呼他“指导员”。朝鲜停战谈判，谈谈打打，打打谈谈，历时两年，李克农和乔冠华二人运筹帷幄，见招拆招，可谓功不可没。

朝鲜战争敌我前线位置经常变动，双方的控制地段有进有退，死伤与被俘人员都不在少数，可谓势均力敌，两年打了个平手，都抱有不甘心就此罢手的心态，尤其是高级指挥官们。说到底，双方都想在战场上多占点便宜后再罢手。所以停战谈判双方就在军事分界线和交换被俘人员两项问题上各不相让。关于第一项，美方总是妄图把在战场上得不到的东西，通过谈判捞到，提出要志愿军让出开城地区以及在朝鲜西部所占的三八线以南地区，退回三八线以北，但是“联合国军”却不从所占的朝鲜东部三八线以北地区退回三八线以南，声称“联合国军”的海军和空军占有优势，需要在划分军事分界线时给以补偿。这样的理由提到桌面上未免荒唐。众所周知，美军若没有海空军参战早已被赶下海去了，哪还有现在的谈判。中朝方面谈判代表提出以三八线为界，双方都要退出越界的地区。我方在西线后撤，美方在东线后撤，东西拉直，恢复战前原状况。这时，美方说只谈西线，不谈东线。他们在东线已经越过了三八线，多占的地盘不撤出，却要我方撤出西线部分地区，朝中方面当然拒绝了。在谈判桌上，有时双方没有话可说，就面面相觑。他们带的香烟吸完了，就伸手拿我方人员准备的香烟，吸不花钱的烟。美国人的不拘小节世人皆知，这个可以说见怪不怪。有时谈判双方相对无言，我方代表提议休会，第二天照旧。有时刚坐下，双方均不发言就宣布散会。

1952 年 5 月 22 日，美国第 8 集团军参谋长、陆军中将威廉·哈里逊接替美国海军中将特纳·乔埃，成为美军停战谈判首席代表。6 月 7 日，谈判会议正在进行的时候，哈里逊提议休会 3 天，到 6 月 11 日复会。朝中首席代表南日将军当即建议 6 月 8 日继续开会。哈里逊则说：“6 月 8 日你方尽可到会，但我方将不出席。”说完即拂袖而去。中朝代表称这种行为是“逃会”。哈里逊 6 月 17 日第二次“逃会”，6 月 27 日第三次“逃会”。7 月 13 日以后，美方连续单方面宣布休会 7 天，“逃会”步步升级，每天哈里逊夹着文件包步入帐篷，尚未坐稳便急切建议“休会”，并且起身即走出谈判会议室。有时只开两分钟的会，后来越来越短，最短的一次会议历时只有 25 秒钟，哈里逊先生创造了外交会议最短的“世界纪录”。

1952 年 10 月 8 日，美国谈判代表哈里逊在板门店宣布：停战谈判无限期休会。退出会场时，他还狂妄地叫嚣：“让大炮和机关枪去辩论吧！”于是，战场上炮火连天。原来美军精心策划了“金化攻势”，即我们所说的“上甘岭战役”，在敌人猛烈炮火持续攻击下，志愿军步炮协同，利用坑道工事顽强抵抗，经过反复争夺，终于守住了阵地，43 天里“联合国军”毫无进展，而且碰得头破血流，伤亡很大，到 11 月 25 日，敌人的“金化攻势”被彻底粉碎。哈里逊的机枪卡壳了，大炮不响了，没有“代言人”了。据传，英国的智囊人物为美国出主意，还是回到板门店谈判桌上谈判更现实一些，中国人用武力是压不服的。中国的大炮也今非昔比，反而取得了发言权。于是，中断了 6 个月零 18 天的朝鲜停战谈判又重新

照片 4-1 “联合国军”美国陆军中将哈里逊离开会场时的模样，令人遗憾，使人惊愕

恢复了。

世界各地的新闻记者又蜂拥赶来板门店采访，他们国籍、种族不同，服务对象各异，自然地分成了东西方两个阵营，得到的谈判当局的关照也不一样，双方报道的立场观点大多相左。西方来的记者由所谓的“联合国军”方面管辖，中国、朝鲜以及苏联和东欧各国来的记者由中朝停战谈判代表团提供饮食住宿条件及交通工具。中朝停战谈判代表团新闻处长由新华社记者沈建图担任，负责撰写报道及传达代表团的指导意见与统一报道口径，其他生活、交通及安全由志愿军代表团的行政后勤部门提供，后勤服务很是周到。

在板门店停战谈判中立区，中外记者是自由活动的。记者们穿着五花八门，军民混杂，西方记者大多穿着美军服装，有的摄影记者将证件穿个孔用绳子挂在照相机的闪光灯把柄上，风一吹就飘动旋转，故做噱头吸引人们的眼球。美国记者到处乱跑，有的人还专门对朝鲜人民军负责警卫工作的战士恶作剧，把镜头伸到人家的鼻子前拍照。有的人用报纸折成帽子遮阳，躺在草地上睡大觉。更有甚者玩牌赌小钱，百无聊赖，嬉戏打闹，最后还有的撕破脸皮大打出手，可谓洋相尽显。首批中方记者穿志愿军服装，临近停战协定签字前，国内又去了大批穿便服的新闻工作者，他们都比较严肃，谨小慎微。外国记者对中国记者及会场中的中方工作人员也不都表示敌意，也有善意的。一次，我们有一名工作人员用照相机拍摄记者们露天聚谈的镜头，一位外国记者拽他的胳膊，示意叫他停止拍照。这位同志把胳膊一甩咆哮道：“你不要捣乱，滚开！”还是坚

照片 4-2　美方停战谈判代表拖延会谈，西方记者百无聊赖，嬉戏、恶作剧时常发生。一名韩国记者并不在乎被人踏上一只脚，若无其事，围观者哄然大笑

持按快门。那位外国记者依然拽他的衣袖，指出他的镜头盖子还没取下来，弄得我们那位记者自己一个大红脸，引得在场的中外记者们一阵大笑。

中朝方面的记者队伍中有两位特别引人注意：一个是英国共产党机关报《工人日报》派来的阿兰·魏宁顿，另一位是法国《人道报》的记者威尔弗雷德·贝却敌。贝却敌兼职很多，他是法国巴黎《今晚报》记者和澳大利亚自由撰稿人。他在第二次世界大战期间，跟随美军在各战区采访，人脉很广。1951 年 8 月，朝鲜停战谈判在开城举行的时候，美军飞机对会场区进行攻击轰炸，美方百般抵赖。贝却敌和其他参与采访的中外记者发表联合声明，以目击者的身份揭露美国飞机滥炸无辜的罪行，对美军谎言表示极大愤慨。美方不得不承认，表示今后一定不再发生类似事情。美联社随军摄影记者弗兰克·诺尔跟随美国海军陆战队第 1 师采访，在长津湖战斗（第 2 次战役）中被志愿军俘虏。魏宁顿和贝却敌在 1951 年圣诞节前夕，悄悄告诉美联社的记者："诺尔还活着，生活得还不错。"为了躲开美军当局的新闻检查，与其他同行抢新闻，两人骗过美军当局，将一台照相机以及底片伪装为圣诞礼物，送往志愿军碧潼战俘营中交给弗兰克·诺尔。诺尔拍摄了一批美军被俘人员在战俘营生活的照片，然后再经由魏宁顿和贝却敌将照片悄无声息地交给美联社在板门店的记者。美联社挑选出战俘们在战俘营欢度圣诞节的七张照片发往美国，各大报刊竞相在显著位置刊登，立即引起极大的轰动。美军的《星条报》也刊登了，不过涉事的责任编辑被炒了

照片 4-3　中间的高个子是英国《工人日报》记者阿兰·魏宁顿。只要他一到板门店，就会被西方记者团团围住，以探听中朝方面的谈判动向，成为板门店的一道风景线

鱿鱼。随后诺尔又拍摄了大量关于战俘生活的照片在西方报刊上登载。战俘亲属的信件如雪片一样飞来，对诺尔大加赞赏，对志愿军的宽待政策表示感激。家属们盼望战俘快点回家，这给了美国当局无形的压力。诺尔也因此声名大噪，成了传奇人物。有的战俘同伴为诺尔担忧："回去后联邦调查局说你这是替共产党搞宣传，怎么办？"诺尔说："我拍摄的都是真实的，为了真理与和平，我不怕，只要美联社要，我就拍。"弗兰克·诺尔停战后回到美国，美联社对其大加奖赏。

在谈判桌上，美方千方百计想知道被朝鲜人民军俘虏的美军威廉·迪安将军是否死了。迪安是美军陆军 24 师师长，在大田突围时被朝鲜人民军俘虏。他是朝鲜战场上唯一被俘的美国将军。阿兰·魏宁顿向美方记者透露了迪安还活着的信息，美国记者如获至宝，立即向国内报社发出急电："迪安活着。"板门店西方记者常常一窝蜂似的追着魏宁顿和贝却敌打听信息，企盼从他们那里抢到一点新闻"漏"。

停战谈判的背景是实力的对决，强者占到便宜才会罢手，弱者无力招架了才会低头。美军在战场上占不到便宜了，停战谈判才出现了曙光，双方对此心照不宣，大体上停战的日子估计在 1953 年的 6 月底。三年大拼搏，双方牺牲都不小，对方的战斗力也摸得清清楚楚，要想再有作为谈何容易。美国新上任的总统艾森豪威尔已答应选民无论如何要结束朝鲜战争。不过停战谈判的半路上"杀出来个程咬金"，美国的代理人、韩国总统李承晚跳了出来阻挠停战。

6 月 18 日凌晨，李承晚命令将 27000 多名朝鲜籍被俘人员“就地释放”，强迫他们加入韩国军队。对此，美国很恼火，可又无计可施。当然，李承晚反对停战另有阴谋，他可以借机跟美国主子讨价还价，多要一些援助。对此，还是中国人使出“围魏救赵”的策略为美国解了围，主动发起夏季攻势——金城反击战。顺势一石三鸟：一是在东部战线将第 5 次战役中被敌人侵占的地块向南推进了 10 多公里；二是打破了美军谈判代表叫嚣的所谓“海空优势”补偿论调；三是歼灭了韩国首都师及第 6 师、第 8 师、第 3 师各一部，共计 8 个多团。打在韩国军队身上，并没有痛在美国心上，这一仗重点是教训了好战的李承晚，他立刻发了蔫，对停战谈判的走向沉默不语了。

板门店的西方记者对志愿军发动的夏季攻势有诸多不理解，责备中国不愿意停火，质疑双方即将签订停战协议了，为什么中国军队又发动了猛烈攻势。有一天，我拍完了照片正在板门店农舍屋檐下小憩，日本共同社记者黑田趋上来和我搭讪。他会讲中国话，个子大约 1.6 米，40 多岁模样，体态已发福，黝黑的脸庞，蓄着小八字胡，身穿便服，头戴一顶黑色贝雷帽，走路时腿向内画罗圈。我出于礼貌还是与他点头打了招呼。他气急败坏地冲我说：“中国要不要停战？”我干脆地回答：“中国当然希望停战。”他咄咄逼人地又问：“中国口头说愿意停火，为什么在东线又发动进攻？”我想这家伙是来挑衅的，不能示弱，于是诘问他：“你是替美国人说话，还是替李承晚喊冤？你应该去问李承晚，为什么破坏和谈，扣押战俘？”他的嘴唇动了动，没发出声来，被哽住了。我接下去又说：“你应该去问美国人，他们有多少诚意？为什么漂洋过海来朝鲜打仗？日本还协助美国打这场侵略战争，使朝鲜人民国破家亡。日本趁机发战争财！”我俩话不投机。他的脸变成了“紫茄子”，快快然走开了。我由于情绪激动脸色也变红了。时过境迁，山不转水转，1956 年 7 月间，我在新华社天津分社当记者，采访原伪满洲国国务院总务长官、日本战犯武部六藏假释遣返回日本的新闻。日本共同社派来采访的记者也是黑田。他为人老到，旧事不提，佯装不认识，但是趾高气扬毫不客气地对分社副社长艾长青指手画脚，要求我们提供照片。我拒绝帮他的忙，使他碰了一鼻子灰。

朝鲜停战谈判中，关于遣返双方被俘人员事项最为棘手，一波三折。1951 年 11 月，美军在韩国第二大岛巨济岛，建立了世界上最大的战俘集中营。美军将朝中被俘人员押解巨济岛上囚禁。这个岛屿位于釜山西南 10 公里，岛上建立了多处集中营地，用带刺的铁丝网围起来，关押着朝鲜人民军被俘人员约 15 万人，还有 2 万多名中国人民志愿军被俘人员。由于美军突袭在仁川港登陆，朝鲜半岛南端的人民军不得不进行大撤退，从而遭受重大损失，很多人被俘虏。美方在谈判中提出一对一的战俘交换主张，也就是说双方各用一名俘虏换回一名被对方俘虏的人员。这样他们就可以扣下大批战俘，留在韩国给李承晚或送往台湾交给国民党蒋介石集团，帮助他们扩充兵员。针对美方的阴谋诡计，朝中方面代表提出全部遣返的原则，即将对方被俘人员全部遣返回去。双方坚持己见，谈判没有进展，延宕了近一年，甚至有夭折的危险。

板门店停战谈判历程中有颇多怪现象，名为军事外交谈判，却没有外交谈判氛围。双方代表和工作人员进出谈判会议室各走各的门。代表见面时没有外交礼仪，不握手也没有寒暄。开会时有话就说，没话就散。中途休息时各去各的帐篷，连方便都是各自只去自己一方设置的厕所。停战谈判过程中双方充满了敌意，难于达成协议，谈判一拖再拖，停战日期变得遥遥无期。

在历时三年的朝鲜战争期间，中国人民志愿军有2万多人被俘，尤其在1951年夏季进行的第5次战役中，60军的第180师损失惨重，近乎全师覆没，突围时损失3000余人，伤亡2000多人。当时180师供给中断，吃野菜、野草、野果中毒及饿死的指战员有数百人。新华社随军记者阎吾向我陈述过当时的情形，他本人也是九死一生才跑回来的，鞋子都跑丢了。当时数十架敌机对180师扼守的阵地轮番轰炸、扫射，并投掷了大量的燃烧弹，指战员们坚决执行上级下达的掩护大部队撤退的任务，死守阵地，不少战士被燃烧弹活活烧死，惨不忍睹。敌人集中大炮、坦克，轮番冲击180师阵地。我军战士受到敌人的重重包围，弹尽粮绝陷于死地。阎吾是1939年参军的老政工干部，他认为，180师的失败，应当由战役指挥者负责，上级只求大（仗）、求快（胜）、求远（追），但是准备不足，粮弹不够，计划不周，指挥调遣混乱，各部队之间协同不力，最终导致失败。大部分指战员都是好样的，一切行动听指挥，没有弹药、没有吃的仍然不撤退，抱着万死不辞的决心与敌人拼搏。

许多人被俘，实属无奈，有的人已身负重伤无法动弹，还有的人已是几天没吃东西饿得无力走路，根本就爬不起来了，也有的是子弹打光手榴弹投完，成了敌人的活靶子，陷入叫天天不应、喊地地不灵的绝境。当时我军每人最多只携带七天的干粮徒步行军，要靠双腿和毅力对抗装备机械化并武装到牙齿的敌人。在那个全民激昂的年代里，战场上当了俘虏就是人生的屈辱，要承载负荆没齿之痛，甚至毁灭了自己也辱没了祖宗及后代！那个时代的现实就是如此。

为了打破遣返战俘的僵持局面，1953 年 6 月 8 日，谈判双方签订了《中立国遣返委员会职权范围》文件。一切不直接遣返的战俘应于停战协定生效后 60 天内，由拘留一方在朝鲜境内交给由波兰、捷克斯洛伐克、瑞士、瑞典、印度五国代表组成的中立国遣返委员会看管。至 1953 年 9 月 23 日为止，美方将未直接遣返的中朝战俘 22604 名、中朝方面将收容的 359 名战俘也移交给中立国遣返委员会的印度部队看管。

美军不但长期拖延战俘问题，使其无法得到合理合法合情地解决，还利用蒋介石、李承晚的特务人员威逼利诱，严刑拷打，强行在战俘身上用刀子刻上“反共抗俄”“反共救国”的血字，留下永远的烙印伤疤，企图以此打消他们回祖国的念头，其卑鄙手段可见一斑。美方人员对战俘的迫害日益变本加厉，进行所谓“甄别”。朝中被俘人员拒绝“甄别”，美方即对手无寸铁的战俘严刑威逼，甚至杀害。美军还威逼战俘充当特务搜集中朝后方的军事情报，从事造谣惑众、暗杀破坏等活动。1951 年 12 月间，美军战俘营第

72 联队长王顺清（台湾特务）命令志愿军被俘人员张文荣和另外四人去见长官，他们下了飞机乘车到了一处秘密地点，方才知道已经到了日本东京附近的美国特工学校，校长是美籍日本人伊藤正一。张文荣等人在开学典礼仪式上才知道自己的身份已经是“联合国军的情报工作人员”。受训一个多月，又飞回韩国继续接受特务技能训练，并被要求“宣誓”效忠美军的特务组织，听从长官指挥，誓死不变心。教官威胁他们说：“你们到达朝鲜，谁投奔中国军队或私自回家，就公布谁是特工。”1952 年 2 月 18 日晚，张文荣等五人换上志愿军军服，携带袖珍收发报机、苏式步枪、美制手雷、地图以及指南针等特务工具，登上了一架美军 C-46 型运输机，机上还有 10 个美国人，多是他们的教官，其中就有美军特务机关“远东司令部联络队”负责这次行动的哈里森。教官指定将张文荣空投到朝鲜黄海北道谷山郡地区，距离志愿军司令部驻地桧仓镇四五十公里，具体任务是搜集志愿军的弹药库、粮库等情报，为飞机轰炸标定目标。19 日凌晨 2 点 20 分，飞机到达目的地上空，随着机舱里红灯闪烁，哈里森向张文荣挥手，命令他立即跳伞。张文荣乘机将装进了棉手套里的手雷用手指扣住击发环，在离开舱门前猛力将手雷扔进了机舱。张文荣则迅速转身跳离飞机。此时，志愿军地面防空部队也在密切监视着这架敌机。他们惊奇地发现敌机在空中突然爆出一团火焰，前后两个降落伞也在月光里徐徐降落。原来，哈里森在手雷爆炸前一瞬间，也以特工的敏捷反应迅速跳伞逃命，但很快就被志愿军活捉。张文荣降落到了另一座大山上的树林里。张文荣找到搜山的部队，交出了随身武器和特务用具，并向部队领导讲述了整个事情的经过。被俘的哈里森也在供词中证实了张文荣的行为。张文荣 1926 年出生于辽宁省辽中县，1948 年 8 月，辗转跑到四川考入国民党成都陆军军官学校第 23 期通讯科学习，成为国民党军在大陆的最后一批黄埔生中的一名。1950 年 2 月 23 日，张文荣所在的陆军军官学校宣布起义，张文荣也就一起参加了人民解放军，在 60 军 180 师任见习通信参谋并随部队入朝，在第 5 次战役中被俘。张文荣的英雄壮举并未得到领导部门的认可，而是被送回国内接受审查。以后，张文荣被遣送回乡务农，在历次政治运动中吃尽了苦头，2000 年 3 月去世。同年 6 月，北京军区政治部派专人前往辽中县给张文荣的家人送去了关于恢复张文荣军籍的决定，补发了复员军人证明书和复员费。张文荣终于得到了平反。

停战谈判关于战俘的议程始于 1951 年 12 月 11 日，直到 1953 年 4 月 11 日双方才签订了遣返病伤被俘人员协议，于 4 月 20 日开始遣返和接待伤病战俘。我方被俘人员个个骨瘦如柴，羸弱多病，有的人行走艰难，拄着自制的拐杖，与同伴相互搀扶走下汽车来。他们下车后立即把美方发给的衣物扔在地上，哭泣着高呼反美口号，赤身回到写着“祖国怀抱”的彩门里，医护人员赶紧迎上去关照这些受尽折磨的人。有的人躲过敌人的搜查，还举着自制的小国旗回来，情景感人肺腑，令人潸然泪下。

1953 年 8 月 9 日，在板门店战俘交换中，有一名志愿军女兵被美军从战俘营中遣返回来。她叫杨玉华，1951 年被俘时年仅 16

岁，四川人，是 180 师卫生队的一名护士。杜平主任给我下达采访任务时特别嘱咐：“她是我志愿军被遣返的战俘里唯一的一个女兵，年纪又小，转告文工团接待的女同志们要热情欢迎，不得歧视。”杨玉华跳下美军的汽车，手里拿着自制的一面很小的五星红旗，头戴自己缝制的志愿军军帽，泪流满面，一面哽咽一面喊口号，但听不出她喊的内容，场面着实令人凄楚悲恸。

杜平主任走上前去和她亲切握手，安慰她说：“你受苦了，你终于回到祖国怀抱里来了，祖国就是你的母亲，不要哭了！养好身体吧！”现场记者很多，很拥挤但没人喧哗，仅仅听到她的哭声和照相机不停地响动快门的声音。志愿军文工团的几名女同志簇拥着杨玉华上了救护车。护士杨玉华的被俘事出有因。第 5 次战役的时候，她没有跟随救护队上前线，因为几天前她抢救伤员时把自己的炒面全送给了别人，而自己则挖野菜充饥，结果中毒，上吐下泻，无法行动。1951 年 5 月 26 日，半昏迷状态的杨玉华被抬上担架随几十个伤员后撤，路遇敌人炮击，担架队躲进一个铁路隧洞里。敌人向隧洞里发射了多枚火箭弹，担架队员和隧洞口附近的伤员大都牺牲，靠里面的担架上的伤病员和杨玉华没死，第二天被敌人搜索队发现，送往美军的野战医院。杨玉华当时穿着男人军装，头发很短，满脸泥垢，浑身脏兮兮的，敌人没发现她是女人。小杨得到治疗很快病愈，遂主动参加对其他志愿军伤病员的护理工作，直到 7 月中旬一位美军女军医看到她有例假才发现她是个女兵，遂立即将她送往釜山女俘收容所。女战俘营里的被俘人员中有原来是人民解

照片 4-4　志愿军政治部主任杜平（右）迎接被遣返回来的杨玉华（左第一人）（原刊载《志愿军》）

放军第4野战军朝鲜师的同志，对小杨很同情和照顾。有一次女战俘集体绝食，一名美军女少尉专门端着饭菜给小杨，以为她是中国人，不会参加绝食。不料，被小杨使劲推搡将饭菜盘打翻。小杨因此遭到美军的毒打，但却受到朝鲜难友们的敬重，得到大家的保护。8月8日下午，被关押了两年多的杨玉华随400多名朝鲜女战俘一起被美军从釜山押上火车，美军制止女战俘们歌唱，往车厢里丢催泪弹，杨玉华又遭一次罪，但是她们仍然反抗，哭泣着唱歌。她回国后被送到东北昌图战俘归来管理所，经过审查，最后回到故乡四川，在一个山村小学教书，过着低调的生活。她不愿说起那段被污辱与被损害的经历，仅与战俘营的难友谈起过往事。志愿军被俘人员回国以后的待遇，和在板门店受到的欢迎有些南辕北辙。杨玉华等这些被美军俘虏的人们，已经历尽人世间最大的屈辱和折磨，他们能回到祖国是很不容易的。整个朝鲜战争，我方公布共有2.9万人失踪、被俘。美方公布我方被俘人数为2.14万人，最后回国的有6673人，去台湾的有1.4万余人。

遣返战俘是双向进行的。美国归俘却是另一番景象，一律穿着我军赠送的服装，满面含笑，见人就招手示意。美方还扎起一座门廊，上方写着英文和韩文，意思是“自由之路”。

1953年7月26日晚，也就是停战协定签字的前一天，中国的建筑工人使用木框架、油毡、三合板等简易建筑材料抢建成一座宽大而又具朝鲜样式的签字大厅。100多名中国工人通宵达旦地施工，将包装箱里的预制构件打开，只用了六七个小时，就在平地上立起了一座“品”字形，高 10 米，面积 1000 多平方米，带飞檐的大厅。第二天，各国新闻记者们看得出神，连说：“不可思议的速度，太神奇了！”在大厅前面，原来谈判会场的简陋小屋和帆布帐篷作为陪衬仍被保留着。签字大厅的外壁上方本来挂上了一幅和平鸽展翅欲飞的图画，美方代表不同意挂，于是又取了下来。会场区的中央画了一条分界线，说是为了维持会场区域内的秩序。联合国方的工作人员和记者在分界线以东活动，中朝方面的工作人员和记者在分界线以西活动，参加会议的人们不准许越线。

1953 年 7 月 27 日，板门店天空晴朗，不时有些许雾霭飘浮而过，天气暖洋洋的，使人感到惬意。当地时间上午 9 时，西方记者大队人马从美军占领区的汶山方向乘汽车而来，包括韩国和日本的记者在内，这些人我们大都面熟。没多久，“联合国军”首席代表哈里逊乘直升机到达会场。大厅内的布置都是双方事先商定的，他们只从东门进入签字大厅。中朝方面的代表和与会者，包括记者，从西门进入。可谓泾渭分明，都不得越雷池一步。双方代表团和参观团座位和用品都是对等的。大厅正中间并排摆着两张长方形的会议桌，为双方首席代表签字用，两桌当中有一方桌，是摆放签字文本的。此次签字是草签，最后尚须双方最高长官签字方生效力。

我为拍摄这一历史性的时刻做了充分准备，携带的摄影器材很多也很好，有平时舍不得用的 6 英寸的新闻镜箱，一台徕卡 135 照相机和一台德国产的 120 照相机，加上准备的大量底片，装满了一个大号背囊，活动起来累得我满头冒汗。一位西方记者看我紧张

照片 4-5　1953 年 7 月 27 日上午，当地时间上午 10 时（北京时间上午 9 时）双方代表草签《朝鲜停战协定》。中朝方面代表为南日大将（右桌），联合国方面代表为哈里逊中将（左桌）

的模样，还对着我拍了一段电影片子，来而不往非礼也，我也用闪光灯回敬了他一下子。允许进到签字大厅场内的记者只有300多人，也被一条绳子隔开，“联合国军”方面随军记者在东面，中、朝、苏及东欧的记者在西面，签字大厅外面尚有许多记者徘徊等待新闻。

中朝方面的首席代表南日大将坐在右边的签字桌（靠西面）。志愿军各部队来参加签字仪式的代表，有我认识的志愿军政治部主任杜平，志愿军19兵团副司令员曾思玉——他当过我们206师的师长。联合国方面的代表威廉·哈里逊中将在左边的签字桌（东面），一切安排都是对等有序的。

上午10时整，会议工作人员把文本一件一件地交到南日和哈里逊面前签字，18份用朝、中、英三种文字写成的停战协定文本要在10分钟的时间里全部都签完。他们两人签字过程中未说一句话，也没看对方一眼，同一时间签完字后即匆匆各奔东西。

西方记者在汶山、汉城有照片传真设备，飞快赶回去就可以传真到世界各地，包括北京也能收到他们的传真照片。我们中国摄影记者最紧张的事情是如何将照片送往北京见诸报端。代表团领导为了提高新闻时效，决定派汽车将拍摄照片的底片立即送往安东（丹东），然后转往北京，必须第二天用我们自己记者拍的照片见报。几天前记者们已经准备妥当，在装底片胶卷的信袋上写好说明文字、胶片种类和拍照记者的名字以及寄交单位。我拍照用的是柯达6英寸12张装软片盒，每拍完一张再一抻即可以连续换片，底片尺寸大，清晰度高。这是志愿军政治部宣传部专为采访朝鲜停战谈判准备的。

我是属于军队系统的记者，杜平主任指示我将底片上交总政治部的解放军画报社。新华社对国外发稿使用的就是我拍的照片，从此新华社摄影部与我的通信联系就多了，成为我以后转业到新华社工作的名刺。

朝鲜停战协定在草签12小时后生效。晚上9点多，板门店上空标识朝鲜停战谈判中立区的那两道探照灯光熄灭了。第二天，也就是7月28日，板门店空中悬浮着的船形大气球不见了。谈判过程中，美军飞机不时来骚扰会场，甚至投炸弹和用机枪扫射，威胁到双方谈判代表和会场工作人员的安全。经过中朝方面多次抗议交涉，美方才采取了保护朝鲜停战谈判“联合安全区”的上述措施。

彭德怀司令员为了在停战协定文本上最后签字，于7月27日下午来到开城，下榻在来凤庄。28日上午9时30分，彭德怀于志愿军代表团的会议室在停战协定上签字，并举行仪式，中朝两国的记者们进行报道。

彭德怀司令员签完字遂即去46军、65军部队视察。我认为这是拍摄司令员深入部队基层、体恤前线战士的好机会，就跟着连续不断地拍摄。彭总冲我说：“去给战士们拍照，不要照我，一张照片合6斤小米的哦！要节约！”我说：“是！”我接受了过去的教训，和首长说话还是要小心翼翼。

在炮兵阵地上，彭总对战士们说：“同志们，你们有功啊！把美帝国主义打痛了，打服了，使他不得不在协定上签字。我代表党中央谢谢你们啦！”战士们热烈鼓掌。

照片 4-6　中国人民志愿军司令员彭德怀（中）在朝鲜停战协定书上签字。前右为李克农副部长，左为志愿军政治部主任杜平（原刊载《志愿军》）

彭总随后又出席了开城中朝各方面人员庆祝朝鲜停战大会，他说：“只要紧紧依靠中朝两国人民，执行毛主席的军事路线，任何敌人都是可以打败的。”开城军民露出了笑脸，会场上响起了热烈的掌声。

朝鲜人民军最高司令官金日成是于平壤在停战协定上签的字。

“联合国军”总司令、美国陆军上将马克·克拉克于汶山美军基地在停战协定上签字。克拉克感慨地说：“我执行政府指示，我获了一个不值得羡慕的名声，我是美国历史上第一个在没取得胜利的停战协定上签字的司令官。我感到一种沮丧。我想，我的两位前任——麦克阿瑟和李奇微将军也会有同样的感觉。”

朝鲜停战，中国人民普天同庆。1953 年 10 月 25 日凌晨，以贺龙为团长的中国人民第三届赴朝慰问团到达桧仓，受到志愿军干部战士的夹道欢迎。贺龙及其他副团长在志愿军副司令员邓华、杨得志陪同下，检阅了志愿军的仪仗队，并接受了志愿军战士们的献花。总团和 8 个总分团共有 5400 多人。其中包括了全国各阶层、各民主党派、各人民团体、科学工作者和文教工作者、各兄弟民族和人民解放军的代表，工业和农业劳动模范，革命烈士家属和革命军人家属，代表性极其广泛。志愿军广大指战员怀着极为兴奋的心情迎接代表团，腾出最好最干净的防空洞给代表们住，床铺被褥清洗得干干净净，伙食在现有条件和水平上精益求精，做得香甜可口，代表团对生活条件如此之好无不交口称赞。

慰问团里著名艺术家很多，此次慰问有如文艺界的盛会。慰问

照片 4-7　贺龙（中穿皮大衣）率领中国人民第三届赴朝慰问团，于 10 月 25 日凌晨到达桧仓，受到志愿军副司令员邓华（左）、杨得志（右）和指战员们的热烈欢迎

团分赴朝鲜各地慰问朝鲜军民和志愿军各部队，转达了祖国人民对志愿军的关怀和敬意，鼓励志愿军继续努力，维护停战协定。他们把志愿军称作“最可爱的人”。

慰问团在桧仓志愿军总部山洞中的礼堂演出了多场节目，有周信芳、梅兰芳合演的《打渔杀家》，梅兰芳、萧长华合演的《贵妃醉酒》，周信芳、马连良合演的《群英会·借东风》，程砚秋、马连良合演的《法门寺》等传统剧目，受到指战员们的热烈欢迎，掌声经久不息。有戏剧行家说，住在北京也不会有这样的好机遇。山洞里的演出好戏连台，使人目不暇接。每场演出主要演员都上场，京戏《群英会》，全国戏剧界名角悉数上台联袂演出，此情此景可谓盛况空前。演出时礼堂内鸦雀无声，谢幕时掌声雷动。每一个节目演出结束时，志愿军战士都向演员献花，增添了会场的热烈气氛。慰问团每到一处都是人山人海，欢天喜地，口号声此起彼伏，余音绕梁，山谷震荡。由战争走向和平是人们最大的愿望，今天终于如愿以偿，怎不令人喜笑颜开！

照片 4-8　梅兰芳和萧长华在志愿军政治部山洞内演出《贵妃醉酒》，一出极其显示功力的折子戏，二人演得惟妙惟肖，妙趣横生。演出结束后，梅兰芳还与志愿军政治部的同志们座谈联欢

五 有水必有路

1962 年 10 月 20 日至 11 月 21 日，中国西藏边防部队对入侵的印度军队进行了自卫反击作战，取得了重大胜利。

10 月中旬，中国人民解放军总参谋部和总政治部通告新华通讯社，中印边境形势严峻，随时可能发生大规模的军事冲突，建议派军事记者去采访报道。

新华社派往东段西藏山南战区的一行人有阎吾、袁岑、李基禄和我，还有传真照片的工作人员，同时携带了一批传真设备。自从抗美援朝战争结束后，我已正式转业到新华社做了一名摄影记者。这一次，是我作为一名战地记者参加的又一次共和国对外战争的实地采访。同行的几个人也都是有过战斗经验的老记者了。

虽说战事紧急，我们倒也习惯了这种匆匆准备一下即刻出发的节奏，都是老兵了嘛。新华社保卫处配发给我们几个每人一支手枪，外加数发子弹。手枪的牌号很杂也很旧，有的已经生锈，说是用以防身自卫，这些东西已经“刀枪入库”多年，能否打响都不好说，只能拿着壮胆。按照国家规定，带枪上飞机必须交给机长保管，我们的枪还没来得及上手练靶就先上交了。

新华社总社还从分社直接调配数名记者径直赶赴前线采访。袁克忠由拉萨新华社西藏分社赶往参战部队，徐学增从南京部队记者站赶去山南地区，有的记者分赴新疆阿克赛钦战区和西藏林芝察隅地区。我们山南组一行先是乘飞机到兰州，然后换乘火车赶到青海省西宁市。下了火车就直奔飞机场，新华社青海分社为我们准备的简单早餐已送到了机场。摄影记者袁绍柯赶往机场为我们送行。他脱下身上穿的皮夹克给我披上，说西藏很冷，要我带上。我谢绝了他的好意。他也是一名老资格的战地摄影记者，解放战争中拍了不少战斗场景照片，是出了名的“袁大胆”。他本来也要求去西藏战地采访，总社没有同意，现在只得用羡慕的眼神看着我们出征。

停机坪上一架空军的伊尔－12 高空运输机的螺旋桨已经开始转动，机场调度人员催促我们快上飞机，在青藏高原，要充分利用上午气象较平稳的时候飞行。飞机是专程送我们去中印边境报道新闻的，机舱里空空荡荡的没有其他乘客。当时的伊尔－12 飞机在青藏高原上空飞行不是密封舱，我座位上的氧气罩不通气，我呼吸急促喘不过气来，还冻得打寒战。空勤机械师帮我调换了座位，重新戴上氧气罩，缺氧状况才得以缓解。约两小时后，飞机在西藏拉萨以北的当雄机场降落。我们接着又爬上汽车，途经羊八井赶往拉萨。

一到拉萨，汽车急速开进西藏军区大院里，我们几人脱下平时穿的服装，换上黄绿色棉军装、皮帽子。依据总政治部的提议，给每人颁发了临时性的军衔领章，方便在军中采访活动。给我挂带的是大尉军衔，即一条黄杠四颗金星，阎吾佩戴的是上校军衔。大家顾不得评论军阶，心思早已飞往战场了。军区司令部的同志告诉我们，前线已经打响了。我们立即放下饭碗奔赴山南战区，乘坐的是长春第一汽车厂生产的解放牌敞篷大卡车，一路颠簸，又因为初登高原，不适应当地的气候环境，我呕吐不止，但也不能停车喘息，只好硬挺着继续赶路。

中印边界争议由来已久。这是当年英国帝国主义在中印两国之间处心积虑埋下的钉子，也是以后中印在边界问题上产生纠纷的缘起。英国殖民主义者统治印度以后，就把侵略扩张的矛头指向了中国的西南边陲地区。英国杜撰的所谓“麦克马洪线”，就是英国包藏祸心为侵略中国西藏而设计的所谓“边界线”。英国政府代表亨利·麦克马洪背着中国中央政府代表，于 1914 年 3 月 24 日在德里同西藏地方当局的代表以秘密换文的方式炮制出一条所谓的“印藏边界”，但它根本就没有被拿上西姆拉会议的桌面。在印度北部的小城西姆拉召开的英、中、藏会议中，英国代表亨利·麦克马洪诱惑西藏地方代表，以赠给 5000 支枪、50 万发子弹作为诱饵，妄图诱使藏族同胞赶走汉人，使中国西藏地区成为英帝国的附庸。在英国的胁迫利诱下，西藏人夏扎在秘密文件上签了字。会议开到 1914 年 7 月，因中国政府代表陈贻范先生拒绝在《西姆拉条约》

上签字而破裂。那条所谓的“麦克马洪线”也从来没有得到历届中国政府的承认。印度长期受英帝国主义的殖民统治，饱尝了受奴役的滋味，终于在1950年宣告独立，成立了共和国。摆脱了被殖民地位的印度本应当与邻为善，然而印度反而妄图继承强盗的衣钵，对外实行起扩张主义，此举着实令人费解。

1961年以后，印度军队在中印边境上更是肆无忌惮，寻衅闹事，不断挑起边境争端。1962年7月，在日内瓦会议上我国外交部长陈毅与印度国防部长梅农会面时，陈毅对梅农说：“你们的军队总在边境上闹事，要打就好好地打，多调点兵。西段地处高山缺氧，兵力不好展开，可在东段打。”梅农说：“不敢，不敢。你们元帅多，又有400万军队。”陈毅又说：“如果一定要打，我们的军队喜欢打歼灭战。小心啊，我军惯用迂回、穿插、包围打法啊！”在场的人都会意地笑了。这也是对印度的一次诙谐警告。随后的战事，我军的主力的确是在东段展开的，并使用了迂回、穿插、包围的战术，打了一场歼灭战，玩笑变成了现实。

印度不但觊觎中国西藏地区的领土，还居心叵测地破坏西藏社会的安定局面，鼓动西藏一批反动农奴主叛乱闹事。1959年初，达赖喇嘛等人叛乱失败后，于3月17日逃离西藏去了印度。据当时美国驻香港总领事馆的情报官员、美国海军军官威廉·卡森说，美国总统艾森豪威尔答应印度总理尼赫鲁，如果印度接纳达赖喇嘛等人，美国便可以帮助印度培训400名核子科研人员。经过讨价还价，双方“买卖”成交了。有了美国的撑腰，印度当局对中印边境争端更加有恃无恐。德国《南德意志报》披露，美国中央情报局在南太平洋一个小岛上训练西藏叛乱分子射击、布雷和制造炸弹等杀人技能，达赖喇嘛的一个哥哥在训练营担任翻译官。美国还为叛匪提供机枪、弹药、药品和宣传材料，专门印制了尼龙质地的西藏地图，并用 B–17 型轰炸机将叛匪及装备空投到西藏地区，进行破坏活动。后来美国中央情报局索性又将西藏叛匪的训练营地转移到了美国的科罗拉多州。

就在 1959 年，印度总理尼赫鲁无理地向中国全面提出了领土要求，不仅要求中华人民共和国政府承认“麦克马洪线”，而且要求中国“归还”印度人从来都未曾进入过的新疆阿克赛钦地区。连中国北洋政府和国民党政府都不曾承认的“麦克马洪线”，将包括东段边境 9 万平方公里，中段边境 2000 平方公里，以及西段阿克赛钦等地区的 3.3 万多平方公里土地全都划归印度。这些中国的领土总面积约为 12.5 平方公里，与整个福建省的面积差不多。此时，印度的领土扩张野心益发膨胀，企图用武力手段，通过挤占、蚕食等阴险方式攫取我国的领土。1962 年初，印度将前进政策的重心由中印边境西段转移到了中印边境东段，在头六个月里，印度在所谓的“麦克马洪线”附近建立了 24 个据点。印军侵入我西藏山南地区的克节朗河地区，还建立了入侵据点，企图在“麦克马洪线”以北约 11 公里的拉则山脊（印方称“塔克拉山”）建立边界。6 月 17 日至 19 日，印军 30 余人向克节朗河地区择绕桥的我军哨位疯狂挑衅，以刺刀、步枪、冲锋枪逼我执勤战士后撤，打死我军干部一人，打伤战士一人，我军被迫进行还击。双方交火至 29 日，我军择绕桥的哨位主动后撤。10 月 8 日、10 日，印军又进攻我军各哨所。到 20 日，共打死打伤我军边防干部战士 47 人。中国政府多次向印度政府提议通过谈判和平解决这一边界问题，但印度政府拒绝中国的建议，说要诉诸武力，并公开宣称要把中国部队“清除掉”。10 月 14 日，印度国防部长梅农提出要“与中国打到最后一个人、一支枪”。梅农原本对中国曾经表示过友好，此时却一反常态出此狂言，不知道这是他的心里话，还是因为受到国内政客的压力而虚张声势。面对这一严峻的形势，中国军队别无选择，只得奉陪，否则对方就认为我们软弱可欺。印度想用武力来决定边界划分，中国决不后退。中国人民解放军的忍耐是有限度的，一旦反击令下，就会义无反顾冲上去，让敌人知道中国人是不好惹的。

中央审慎选择了自卫反击作战的时机。1962 年 10 月，美国与苏联之间爆发了“古巴导弹危机”。随着美苏导弹危机情况的变化，加上当时中苏关系所发生的变化，苏联对中印争端的态度也在变化，时而支持中国，时而又支持印度，总想从中压制中国，捞取利益。再看台湾，美国肯尼迪政府正式承认英国人所划的“麦克马洪线”为中印边界线时，台湾当局对美国提出了抗议，同时也不再支持尼赫鲁，对中印争端表现出沉默。尼赫鲁妄想继承英帝国主义的衣钵，扩张领土，但心有余而力不足，手中的本钱有限，于是就拉上美国帮忙，代价是美国侦察机可以使用印度机场作为基地加油，侦察中国西北的核设施，以此换取美国的支持和援助。

中国人民解放军总参谋部对边防部队处置中印边境冲突已有明确指示，方针就是：“绝不退让，力争避免流血；犬牙交错，长期武装共处。”因为中印边境争端爆发出来的时间不长，许多国家不了解争端原委，分不清正义在哪一方。美国和苏联偏袒印度，向它出售武器，鼓励印度同中国对抗。印度之所以敢在中印边界问题上一意孤行，与美、苏的唆使和纵容紧密相关。印军在中印边境地区使用的直升机就是苏联提供的，在后来的战斗中，我军共缴获了五架苏制的印军直升机，其中有两架被运送到北京革命军事博物馆，曾经在内部展出。

中国在被逼无奈的情势下，只有下定决心，奋起在中印边境上进行自卫反击。在西藏山南克节朗河地区，我军边防部队面对的是印军陆军第 4 师第 7 旅的大约 2000 人。解放军藏字 419 部队总兵力上万人，占据绝对优势。

中印边界全长 1700 多公里，划分为东、中、西三段，我军临时成立了三个战区作战指挥部。派去的人员接到通知以后需要保密，不得告诉家人，立即出发分路奔赴前线。

1962 年 10 月 19 日入夜，边防部队开始徒步涉过克节朗河向敌人后方穿插前进。喜马拉雅山南麓的秋夜，气温已降至零下，周围一片漆黑，地面能见度在 20 米以内，天空繁星却分外明亮。已经熟悉高原行军作战的藏字 419 部队步兵，分作数支纵队在黑暗中通过敌军布防的缺口前进。印军预想解放军的进攻可能是来自克节朗河北岸，但他们的判断一错再错。当黎明破晓，东方刚刚露出鱼肚白时，解放军从印军侧后方的山林中突然冲了出来。20 日清晨 5 点 14 分，集群追击炮爆炸声如雷轰鸣，瞬间震荡着整个克节朗河河谷，150 发炮弹落在印军章多据点的阵地上，炮击持续到 6 点 30 分，约有 10 多分钟的短暂平息，随之冲锋号吹响，前卫排长的哨子也响了起来，战士们立即发起冲锋。印军使用的是老式英国步枪，但是他们单兵射击精准，给我军造成了不小的伤亡。边防部队战士用的是中国 56 式冲锋枪 (仿制苏式 AK–47)，火力完全压倒了印军。419 部队将克节朗河一线敌军分割成数段，拉开了克节朗河地区自卫反击作战的大幕。

克节朗河地区是以河流命名的，往北延伸是达旺、棒山口。它位于中印边界东段，邻近不丹，属我国西藏自治区山南地区错那县。该地段山峰陡峭，森林密布，比高 1500 米以上，海拔 4000 米上下，气候变幻无常，人烟稀少。我军的进攻遭遇到印军的顽强抵抗，我 155 团 2 连 2 排 6 班 8 名战士组成尖刀班，负责摧毁敌人卡龙据点，为全连打开进攻通道。他们爬上 300 米的高坡，只用了 10 多分钟的时间即到达了指定的冲锋位置。印军发现了他们，用密集的火力阻击。班长阳廷安用军区提出的“一不怕苦，二不怕死”的口号激励大家，喊着“为祖国争光！”“立功的时候到了！”个个勇猛冲锋。他们用手榴弹炸毁了敌人两个地堡，印军的多处阵地被攻破，阳廷安左手提冲锋枪右手投弹冲入敌人阵地，当冲到一棵大树下时被敌人子弹击中胸部倒下了，停止呼吸以前还指着敌人碉堡群说“打进去！”。战士徐瑞卿跪在阳廷安身边还击敌人，不幸也胸部中弹牺牲。第二班长（替补班长）颜瑞成为了吸引敌人火力，带着战士何德忠从侧面插入敌人纵深阵地。副班长曾祥智看到班长和徐瑞卿牺牲，喊道：“6 班听我指挥，坚决打进去，为班长报仇！”战士杨秀洲、李世明、刘汉彬随即冲向敌人阵地，连续夺下敌人 7 个地堡。当 6 班攻到一处石崖处时被挡住去路。一颗炮弹打过来炸得石块飞起，硝烟弥漫，曾祥智负了重伤，他不让战士为他包扎，用手指向前方，不久就停止了呼吸。战斗激烈进行着，枪声、炮声在山谷中隆隆地回响，硝烟四处弥漫，远处什么也看不到了。战士李世明看到一个满脸蓄着大胡子的印度兵端着刺刀冲过来，他手疾眼快开了枪，大胡子应声倒下。就在李世明举起手榴弹往敌人地堡里塞的当儿，从右侧射来一排子弹，他手里还攥着那枚手榴弹未投出去。杨秀洲看到战友牺牲，怒火中烧，在刘汉彬掩护下冲了上去。连长高友贵观察到右方一处石缝中有印军暗藏火力点，正要命令他快卧倒，杨秀洲却已倒在了冲锋路上。

颜瑞成带着战士何德忠从右侧攻入敌人阵地，把敌人的火力吸引到他俩的方向来。不久，何德忠中弹牺牲。颜瑞成孤身与敌指挥所对射，敌人火力完全被吸引到他身边来，减轻了全连从正面进攻的压力。机智果敢的颜瑞成腿上负了伤，他一边爬一边射击。当他快爬到敌人的指挥所门口时，不幸中了致命一枪。2 连 6 班一往无前，发扬了大无畏的革命英雄主义，在连里火力支援及 5 班的紧密配合下，前仆后继，攻克了 27 个印军地堡，歼灭印军 55 名，收复了卡龙据点，为全部歼灭印军第 7 旅创造了有利条件。全班 8 名战士仅刘汉彬一人生还。为了表彰他们的英雄行为和战绩，战斗结束后，6 班荣记集体一等功，班长阳廷安追记一等功，其他同志分别记功。国防部授予 6 班以“阳廷安班”的光荣称号。

印军第 7 旅指挥官在战斗开始的第一个小时就丧失了对部队的控制，印军的建制被打乱，丧失了有组织的战斗力。旅长季・普・达尔维和旅部直属人员在销毁文件，正准备撤向印军在章多的第 4 师战术指挥部时，突然得知章多防线已被我军突破，达尔维和随行人员连忙转向东南方向奔逃。为了躲避解放军的搜山部队，他们在深山老林里转悠了 66 个小时。10 月 22 日清晨，耐不住饥饿的达尔维走出森林，想找点吃的东西。9 时许，第 154 团迫击炮 2 连副连长彭君先发现不远处森林里有印军，便迅速组织全连战士，带着 10 多支步枪、冲锋枪，直插印军侧后，迫使印军第 7 旅旅长达尔维准将率领塔尔瓦尔上尉等 9 人投降。炮 2 连缴获了机枪 1 挺、步枪 8 支。至此，我军收复了克节朗河以南、达旺河以北、不丹以东、达旺以西的全部领土，用事实否定了所谓的“麦克马洪线”。

中印边境自卫反击战克节朗河战斗我军锋芒初试，但印军并未伤筋动骨。“宜将剩勇追穷寇”，只有将敌人打痛了，让他知道了新中国是不可欺侮的，敌人才有可能妥协，坐下来谈判。10 月 22 日，中国国防部宣告：解放军没有必要受非法的“麦克马洪线”约束。

当克节朗河地区的印军被歼灭以后，棒山口的印军有撤退逃跑的迹象。棒山口位于达旺东北约 30 公里，正处在所谓的“麦克马洪线”上，是印军在达旺以北的重要侵略据点，扼守着向西通往达旺的大门。我西藏军区前线指挥部遂命令山南军分区部队歼灭棒山口的印军。由军分区郭志显副司令员、曹宗坤参谋长指挥所属部队，于 23 日 7 时，各连在炮火、机枪火力的支援下，对驻在棒山口的印军发起攻击，迅速歼灭了印军，并乘胜追击进军达旺。这支仅数百人的队伍统称“郭指”部队，在以后的敌后穿插作战中骁勇善战，吃苦耐劳，战功很大，被广为传颂。

边陲小镇达旺，天空湛蓝，间或白云飘忽远去。北面是皑皑的雪山，南面是深深的峡谷，湍急的河水奔腾咆哮，响声震颤着山谷。半山坡上有几十座木架民房，居民多为藏族和门巴族人，大都从事劳役，为印度军队服务或在寺庙当差役。几处木制小楼是所谓印度的“东北特区卡门边区政府”所在地。达旺是西藏山南门隅地区重要的宗教、政治中心，有建筑规模很大的达旺寺，属西藏哲蚌寺管辖，印度军队侵占达旺后在此设置有军营。达旺地处起伏较大的台地上，面积约 5 平方公里，地势北高南低，平均海拔约 2900 米，周围多灌木、竹林。第六世达赖喇嘛仓央嘉措就出生在这里。

印军将达旺建成重要的侵略据点，由此向东南，经西山口、申隔宗、德让宗、邦迪拉有一条山间公路，通往印度阿萨姆邦的重要城市提斯浦尔，公路修筑在嵯峨的半山腰上或湍急的河流岸边，路面坑洼不平，汽车行驶十分艰难。印度把重兵布防在公路沿线，摆成一字长蛇阵，矛头指向中国。10 月 23 日，达旺地区印军在我军的震慑下，逃至达旺河以南的西山口，居高临下，企图长期据守，阻挡解放军。我军于 24 日占领了达旺，25 日又占领达旺河谷中的

照片 5-1　达旺位于喜马拉雅山南麓，周围环境美不胜收，气候宜人

东新桥等地，随即就地集结整顿，准备再战。11 月 1 日，代号为 419 部队的西藏军区前线指挥部，由山南错那县的麻玛乡门巴族群众聚居区转移至达旺寺以北约 5 公里的邦岗共地区的一条山沟中，指挥部队继续前进作战。

11 月 15 日，总参谋部转来刘伯承元帅对下一步作战的指示。刘帅指出：“这次仗非打胜不可，消灭敌人的有生力量越多越好。”他指出敌人的配置是“铜头、锡尾、背紧、腹松”。从西山口、申隔宗地区敌人的防御态势来看，其右翼是敌人的背脊骨，左翼是敌人的肚子。我们攻击部队以主力向西山口、申隔宗插下去，从敌人的肚子上开刀，要比砍背脊骨容易些。刘帅明确指出，有三点要注意：一是道路难以选取，不过有水必有路；二是要确保各个部队在统一计划的时间内行动；三是各路行进的部队，要有独立作战能力。这几点搞好了，分进合击，打歼灭战就有把握了。

西藏前线指挥部集中了第 55 师、第 11 师和山南军分区的地方部队，以及炮兵 3 个团、工兵 5 个连等共 2 万多兵力，制定了大纵深迂回包围、多路穿插分割将印军歼灭的作战计划。这第二阶段作战又称作西山口—邦迪拉战役。再战之前，当务之急是抢修道路，尽快将棒山口至达旺的道路与印军原有的道路接通。棒山口以北是冻土地带，气候干燥问题不大，棒山口以南达旺路段则泥泞不堪。我看到张国华司令员乘用的吉普车，是用两根粗绳索拴在车子的左右，由两排战士把它拉下山坡的。为了抢修急造军用公路，军区两位副司令员现场指挥，集中工兵 10 多个连队和 130 余人的支前民

照片 5-2　西藏军区司令员张国华（中）在达旺前线筹划西山口—邦迪拉战役。左为副参谋长石伴樵

工，担负道路维护，保障车辆通行。大仗一旦开始，炮车要有路行进，炮弹要用汽车运送，不能只靠肩背人抬，那样难以充分保证供应前线急需的军火物资。

自 10 月下旬至 11 月上旬，撤退到西山口的印军不断炮击袭扰我军，造成我军一些伤亡。11 月 16 日，我军一个营渡过达旺河，抢占有利地形，掩护工兵突击抢修架桥，用一天多的时间就架好了达旺河上的东新桥，以保障按时发起第二阶段作战。早在 11 月 10 日，各部队根据上级指定的目标地域已开始先行出发。多路部队分批远离印军公路隐蔽行进，印军长时间未发现我军渗透到其后方的行动。17 日晚，迂回部队击溃印军一个营，切断了德让宗—邦迪拉公路。印军方才发觉我军已多路插近到印军驻地，遂于 18 日晨全线撤逃，但已经晚了，印军还是陷入了我军的合围之中。11 月 18 日上午 8 点半，正面进攻的我第 55 师 154 团、155 团、157 团共三个步兵团，在三个炮兵团的支援下开始向西山口之敌全线发起总攻，西山口—邦迪拉战役正式打响。首先要打掉印军一字长蛇阵西山口这个“铜头”。由于我军先头部队已插入敌人后方，因而攻击进展顺利，西山口的敌人望风披靡，溃不成军，满山遍野如放羊般逃窜。

我和袁克忠又一次采访了 11 师 33 团团长田启元。袁克忠和田团长在平息西藏叛乱的战斗中相识，此次对印军自卫反击作战的第二阶段，袁克忠跟随 11 师部队深入敌后，同甘共苦，更加深了两人的战斗友谊。担任敌后穿插任务的陆军 11 师前身是一支陕北红军部队，在西山口—邦迪拉战役中他们敢打硬拼，打出了国威军威，人们对之交口称赞。11 师的任务是截断邦迪拉与德让宗之间的印军公路，把公路掐断钉死，并夺取印军的军事要地邦迪拉，对南面来的敌人坚决阻击，不允许他越雷池一步；对从北面德让宗撤退下来或是来邦迪拉增援的敌人，一个也不放过去。11 师的前卫部队 33 团，早在 11 月 10 日黄昏时就从达旺河谷集结地悄然出发，沿着一条小河的北岸山腰间开进，一天一夜走了 80 里，11 日黄昏就地宿营，在山坡密林中埋锅造饭。行进中有的驮马失蹄摔进山谷，无法挽救，虽急煞人也无计可施。全团在喜马拉雅山上行军体力消耗太大，汗水浸透了身上的棉衣，人人严重脱水，口干舌燥，十分难受。有的人渴得去吸吮树叶上的露珠，润湿喉咙。偶尔也能见到从石缝中渗出来水滴，但五分钟还接不到半水壶，杯水车薪，无法解决大部队普遍缺水的问题。即便听到山谷中有哗哗的流水声，可是也无法把水提上来。后来找到一条山脊小道，根据战前上级通报，这就是那条 1913 年由英军贝利上尉带一支小分队踏勘过的路线，为其 1914 年炮制“麦克马洪线”提供了地理资料。那一带既严重缺水，又崎岖难行，被印度人称之为“贝利小道”。印军以为大部队不可能从这条路上通过，中国军队不会经由这里进攻，他们实在想不到神兵会自天而降！行军中，人们看到一只狗熊被突然出现的人马惊扰，居然掉下悬崖摔死了，这的确是闻所未闻的事情，却真是战地人们亲眼看见的实事。田团长还说，可想当年中央红军北上二万五千里长征是多么艰苦！我们就是用红军长征的精神奋勇

照片5-3　喜马拉雅山南麓，山高谷深，比高悬殊，进军作战十分困难。远山即印军据守的西山口。印军布有重兵，颇有“一夫当关，万夫莫开”的阵势

前进，跋山涉水，克服缺吃少水的困难，渡过难关的。

田启元团长在我的要求下，继续介绍了更为令人惊叹的战斗过程。他说，11 月 15 日临近中午，他派出侦察排前伸两公里执行前方警戒任务。侦察排爬上邦迪拉附近的泽拉山口进行隐蔽观察，突然发现 200 米处的树林小道上走出一个当地人，东张西望地向山口走来。侦察兵把他捉住，由于语言不通，即送来团部，一审得知他是给印军带路的。过了半个多小时，树林小道上出现了一队印军。敌人发现了我们的侦察排，开始射击。2 营 4 连听到枪声立即跑步前进，上去就打，敌人扭头就跑，侦察排紧跟着向南追击。田团长又从负伤的俘虏口中得知，来敌是印军阿萨姆步兵第 5 营的一个加强排，30 人来泽拉山口设点布防。于是田启元率领全团继续向东南追击逃敌。印军发现了我大部队南下的迹象，就用野战炮疯狂地对 33 团进行炮火拦截，企图阻滞我军前进。田团长率两个营疾速前进，全力夺取连通邦迪拉与德让宗之间的拉洪桥。33 团从敌右翼投入战斗，冒着敌人炮兵和步兵的密集火力，如猛虎下山一般直插拉洪桥。拉洪桥是一座长 10 米的木架桥，桥下河水湍急，非经此桥不能通达对岸。因此，印军派了一个排的兵力把守。但 33 团 4 连、6 连的战士们猛冲下去，速度之快出乎敌人的意料，一下子就冲到了桥头，打得守敌丢盔弃甲，争相逃命。印军在桥下预先吊挂的四个大炸药包，还没有来得及拉火就被我军缴获了，木桥也免遭破坏。

33 团经过了七天五夜的连续行军作战，参战人员除了武器弹药外，每人还携带了四天生粮和三天干粮，人均负重达 30 公斤以上（炮兵则近 40 公斤）。他们翻越了 4500 米以下的峻岭 12 座。战士们逢山开路，遇水架桥，忍饥受寒，昼夜兼程，中间还走过了 60 余公里的无水区。饿了以糌粑（即青稞炒面）充饥，渴了以冰水解渴。他们前后共走过了崎岖坎坷的 250 公里路程，似尖刀般插入敌后 180 余公里，最终，提前 50 分钟胜利完成了大迂回“断路、切尾”的作战任务。19 日，11 师占领邦迪拉，歼灭印军近千人。随即，我军主力部队便在西山口—邦迪拉地区展开围歼、搜剿溃散的印军。

我军乘胜追击敌人，先头部队于 11 月 21 日抵达鹰窠山口一线，印军则望风而逃。印军的溃退搅乱了附近的城市提斯浦尔的社会局面，市里人心惶惶，印度银行都开始焚毁库存的纸币。此时，我军上级命令边防部队停止追击。至此，在西山口—邦迪拉地区，我军共歼灭印军三个旅，共击毙、俘虏印军准将旅长豪尔·辛格以下官兵 5200 多人，取得了东线战场的全线大捷。

我军在战斗中抓到如此多的印度俘虏，是我们始料未及的。我日夜兼程赶到山南的印军战俘管理所，报道相关情况。我搭上西藏自治区一辆往前线运输酥油的卡车赶赴琼结县，车子一路颠簸，我也蹭了一身酥油。被俘的印度官兵都居住在当地的寺庙里，我采访拍摄了俘虏们的起居生活，还特别注意了他们的精神面貌。军官的眼神里还流露出惊恐不安的神色，士兵俘虏却显得淡定些。他们官兵之间界限很明显，相互间说话、集合吃饭，士兵还要向军官敬礼。

照片 5-4　被俘的印军成群结队向我军后方西藏山南地区转移

俘虏每人获发一套蓝色的棉袄、棉裤、棉帽，看上去有些臃肿，但是比起他们打仗时穿的绿色英国式军装保暖实用。在高山地带作战，他们已吃到挨冻的苦头，有的同伴甚至因冻饿而丢掉了性命。我还拍了战俘敞开肚皮吃饭的场面。只见他们都是用手抓着吃，吃的速度很快，看样子饭菜还是很可口的。1962 年中国的经济形势还比较困难，虽然已经度过了最艰难的岁月，但中国城市居民每人每月的粮食限量还在 30 斤以下，小城镇人均定量供应更少，粮、油、肉、蛋等每户皆有定量，凭票购买。为了保障被俘印军的伙食充裕，营养丰富，我军后勤部门还特意给他们调运了蛋黄粉，并保证他们的供给。管理他们的中国士兵还带领他们安置篮球架子，开辟排球场地，发给他们扑克牌，为他们开展体育活动尽可能创造物质条件。战俘们晚上还可以看电影。

被俘虏的印军第 4 师第 7 旅旅长季・普・达尔维准将，被拘押在泽当乃东的昌珠寺。这是一座历史悠久、具有唐代建筑风格的宏伟庙宇，地处雅鲁藏布江河谷中平坝上。当地气候温和，海拔不高，物产也较丰富，适于人居。我见到了战俘管理所里的达尔维准将，他身材魁梧，腰板挺直，面无表情，看上去就是一位久经沙场的职业军官，他未穿印军的外套而只穿着内衣。我采访拍照之前，先找到了西藏军区政治部联络部的张部长，向他请教采访达尔维应该注意些什么。张部长这些天一直在昌珠寺陪伴达尔维，做他的心理工作，宣示我军的俘虏政策，解除他的思想顾虑，并且通知他北京新华社来了记者要采访他。他表示同意接受记者采访。达尔维准将的

照片 5-5　印度陆军第 4 师第 7 旅旅长季·普·达尔维准将（右一）接受记者采访。他对中国边防部队很佩服，说没见过如此不怕死的军队，印度军队绝对不是解放军的对手

待遇在战俘管理所里是最高的，每月还优待发给他两条香烟和半斤水果糖。

我采访达尔维是在一间很小的僧房里，我们当中放置了一张吃饭桌子。他神态稍显拘谨，表情似乎有些迷惘。他很有心眼儿，采访前他要求先看看我的记者证，看完后才同意我拍照片。他首先表明，作为一名军人他是尽职尽责，恳求中国政府尽快释放他回印度。他希望照片能登上报纸，家人看到报纸知道他还活着就放心了。我只得模棱两可地答应了他的要求，印度战俘照片能否见报我无把握，这得上报高层领导决定。但如果我不答应他的要求，他不同意拍照片我也完不成任务。后来我知道达尔维在管理所里的照片新华社对国外发稿了，国内没见报。在采访中，当我请他谈论战况时，他长叹一声：“我无力回天。”他不愿多谈战斗过程。出乎我的意料，其他印度战俘却很愿意我为他们拍照片，也希望最好能登在报纸杂志上，使他们的家人知道他们没有死，一来家属放心了，二来还可以继续领到军饷。慢慢地，印军战俘管理所中，无论是军官还是士兵的情绪都逐渐稳定下来了。

1963 年 4 月 6 日至 5 月 4 日，在达尔维等 27 名被俘印军高级军官被遣返回印度之前，中国军方以中国旅行社的名义，组织他们前往武汉、南京、上海、无锡、杭州、北京等城市参观，让他们了解中国。他们参观中的安全保障和联络工作均由中国红十字会出面负责，解放军代表不陪同参观。他们已经更换了战俘管理所里发的那身蓝色棉衣，换上了笔挺的西装，中方接待人员称他们“印度

照片 5-6　中国边防部队给印度被俘官兵发放棉衣、棉被等御寒用品

朋友”，使他们既解除了顾虑又保留住面子。在上海，达尔维一行还到一位民族资本家的家里做客，达尔维对资本家说：“我原以为你们已经被革命了，没想到你们还过得这样好。”1963年12月1日，一批被俘的印度军官由中印外交官员和国际红十字会安排，由印度派出一架大型飞机接他们经昆明返回印度。一批中外新闻记者来到昆明飞机场采访这一新闻。只见几辆大轿车停下后，第一个下车的就是达尔维，他面带笑容向记者们摆手告别，但未回答记者提出的问题。其他被俘的一般印军官兵在中印边境上都就地释放，通过陆路回国。

1962年的这场对印度军队反击作战的胜利，10万西藏翻身农奴功不可没。藏族群众把青稞炒熟磨成面粉，用牦牛成群结队送往前线。在高原上长途跋涉，他们情绪之高，在过去农奴制的西藏真是旷世难得一见。民工队伍里有男有女，走到哪里唱到哪里。藏族群众身背百来斤的弹药箱，寒冬就露宿在山坡、沟壑。按规定，民工行军每人只背25公斤，但是他们每个人都超过这一重量，这也大大振奋了行进中部队的情绪。当战役刚开始时，从错那宗（县）到达旺前线还有一二百公里路程，我军上万人的后勤运输供应，全靠藏胞用双肩背、用牦牛驮，后来他们又全力以赴抢修通往达旺的公路。藏族群众生活非常简朴，有糌粑和酥油就可以充饥度日。当地有雪化水，他们睡觉不用毯子被子，把身穿的藏袍盖上就可以了。支前藏族群众和解放军战士并肩战斗，一起抓俘虏，一起缴获战利品。有的人把缴获的枪背上肩，犹如化了装的侦察兵。战事结束以后，

照片 5-7　藏族支援前线的大军抢筑棒山口到达旺的军用公路

照片 5-8　西藏自治区各族民众积极支援边防部队的自卫反击作战。图为藏族群众为部队抢运军粮

他们可以返回家乡了，有的人不愿意走，请求参军。西藏军区女诗人杨星火向我介绍了一位乡村女干部支援前线的动人故事。她叫齐美卓玛，22 岁，全家原是农奴，历代为领主种地。1959 年春天西藏民主改革，她家人获得了自由，变成土地的主人。卓玛加入了共青团，后来又入了党，还担任乡里的团支部书记。自卫反击战打响，乡里有三批小伙子上前线支援边防部队去了，她三番五次申请上前线，区委书记同意了她的要求。她跟随部队运送弹药，规定 70 斤重的炸药箱必须要两个人抬着运输，可是她却一人背一箱，还跑得飞快。前线有些伤员必须用担架送往医院，担架队队长不要她参加，说这种活太重又危险。她说："你轻视妇女！男女不平等不是党的政策！"队长只得同意几位藏族姐妹也参加担架队。她们抬担架时动作敏捷平稳，对伤员又细心体贴，得到了部队和伤员的夸奖。

1962 年底，我从泽当战俘管理所回到了前线指挥部驻地达旺。西藏军区政治部组织记者和西藏地方来支援前线的干部去参观达旺寺。达旺为藏传佛教盛行的地区，寺庙里的住持喇嘛对解放军表示友好，向带队的解放军首长献上哈达，然后又将用黄金打造的数十面佛教经典从保险箱里搬出来，请来访者参观瞻仰。佛经璀璨辉煌，金光闪烁，大家看得目瞪口呆，惊叹万分。有人窃窃私语道，金子造就的经文价值连城，这可是镇寺之宝！

参观完达旺寺用黄金制造的经典，我和袁克忠同志走出寺庙山门，又见到了 11 师 33 团团长田启元，他正和警卫员俯瞰达旺河，用手比画着目测达旺河谷的深度及比高。他对老袁说："我察看这

照片 5-9　达旺寺住持喇嘛取出寺中用黄金制成的藏传佛教经典，请来访者参观瞻仰

里的地形，我军的地图还是准确的，地图上的等高线标明这里是不可逾越的，一点儿也不错，确实太陡了。”我们坐在印度军队遗留下的一条长木板凳上，我请他再讲讲这次战役中的指挥特点，他推辞说：“上级命令打到哪里，我就打到哪里。”田团长一口陕北腔，我听起来颇感费力。他不讲 33 团的战斗，却津津有味地说起了袁克忠，表扬老袁是好样的，吃苦耐劳，不愧是位老模范。他介绍说，袁克忠跟随他的团走“贝利小路”，真是太危险了。那一带受印度洋季风影响，温暖而潮湿，亚热带雨林生长茂盛，树冠相接藤蔓缠绕。当部队往高处攀登，又换成了另一种景象，无穷无尽的原始森林，合抱粗的松树遮天蔽日，倒下的枯老树干往往把路挡住。再往上爬接近雪线地带，一人多高有小胳膊粗的杜鹃满山遍野，树枝上长着寸许的尖刺如犬牙猫爪，犹如自然生成的军事鹿砦区，战士的棉军衣全都被刮扯破了，露出棉絮，棉裤膝盖以下的裤腿部分被树枝撕光。年已 41 岁的袁克忠摔下断崖，又掉进冰窟窿，爬上岸时棉衣已结成冰坨，冻得他四肢麻木，一时不能说话了。一个战士脱下自己的军绒裤替他换上，方保住了他的性命。部队奔袭行军不停地走，人困马乏也不能歇脚。谁都想睡一会儿再走，可是睡着了却十分危险。人在饥寒交迫的时候，一旦睡着了就有可能醒不过来了。高山上缺氧又缺水，即使不想进食也得勉强吃些压缩饼干或青稞炒面，保持体力。整整六七天连续行军，所到之处人迹罕至，尽是鸟兽群居的净土。翻过山再往下走，又是一番景象，即使是时值当午，太阳已上中天，原始森林中仍然是漆黑闷热，难辨方向，他们从未遇到过这样的行军路线。袁克忠原是人民解放军第2野战军的随军摄影记者，1950年立大功一次，出席了全国战斗英雄代表大会。他曾经7次进藏采访，担任过西藏军区《高原战士》画报社的副主任。1958年转业到新华社，这次又主动请缨参加对印度自卫反击战的摄影报道。田团长一再说应当表扬老袁同志，他的表率作用，鼓舞了33团的指战员。

几家新闻单位的工作人员临时住在达旺寺左首的一个小山丘上，房子是原来印度军队的一座用木桩和马口铁搭建的仓库。除了我之外，这一行人里还有新华社的阎吾和一位不知名的电报员，解放军报记者杨子才，中央新闻纪录电影制片厂摄影师苏忠义，西藏军区政治部的女诗人杨星火，记者薛毅等。大家有时一同出去采访，回来后就紧张地写稿，冲洗胶卷，发稿。当时运输困难，前方供应十分紧张，有的部队短时间内只能喝稀粥。在极端缺粮的时候，甚至将被炮弹伤及的印军兵营中一只藏獒杀掉煮熟充饥，我也分到了一杯羹。

1963年的元旦，我们记者组是在达旺度过的。在物质生活条件很艰苦的情况下，西藏军区前方指挥部还为新闻记者们提供了白面、猪肉和白菜，大家一起动手包了顿饺子。解放军总政治部文工团几位下连队体验生活的女演员也来助兴，战地新年很是热闹，有的唱歌，有的跳舞，虽说简单，却是一番战地情怀。当时，记者的文字稿是用人力手摇发电机发稿，有几天，前来协助工作的战士连饭都吃不饱，却还要用力手摇发电机，绝不耽误发稿。新闻照片的底片都交给后勤部汽车队带回拉萨，传真到北京。文稿和照片辗转多次，但每一周转过程大家都是争分夺秒，提高时效，以满足读者希望尽早看到前线新闻的愿望。我们为新闻报道工作付出了汗水，但也打了“胜仗”。战后，总参谋长罗瑞卿在北京西直门招待所举行宴会，表彰各新闻单位出色地完成了中印边境自卫反击作战的宣传报道任务。

中国边防部队军纪严明，体恤民众，获得战区门巴族群众的赞誉，解放军也与当地少数民族群众结下了深情厚谊。达旺地区以往都称作门隅，居民是门巴族和藏族，尤以门巴族居多，他们的宗教信仰、农耕劳作、风俗习惯与藏族大同小异。达旺寺山下河谷台地上有一个门巴族人居住的小村落。时值深秋，树上的橘子黄了，菜园里的辣椒也红了。当地的主产农作物是鸡爪谷，穗子已呈现金黄色，沉甸甸垂下了头，这里也生长荞麦、玉米、豆类和芭蕉。有一天，我们陪同西藏拉萨人民医院的杨医生（女）去为一位门巴族老人看病治腿。我是第一次来这个村子，其他人已经来过多次了。一位头戴五角黑帽的壮年男子向我们招手，似如久别重逢十分亲热。原来村里一位老爷爷腿上生疮化脓了，部队的军医已经给他快治好了，但后来部队转移了。他托人去请来个喇嘛接着治疗，谁知两天以后那伤口又发炎化脓了。杨医生了解到这一情况，又重新给他消毒、上药，告诉他过两天再来给他换药。从我们的驻地走到那个村子来回要翻山越岭，需要两三个小时，一路上走得我满身大汗。杨医生不厌其烦，将老人的腿治好了，老人全家对金珠玛米（解放军）

照片5-10　边防部队一边作战，一边还做群众工作。为了不违农时，抽出人力帮助当地门巴族群众收割鸡爪谷

照片5-11　边防部队受到达旺地区门巴族群众的喜爱，互相敬酒表达心意

感恩戴德。

1962 年 11 月 21 日，中国政府发表声明，宣布从 22 日零时起，中国边防部队在中印边界全线停火。中国军队缴获印度的武器、弹药、车辆及其他军用物资全部主动交还印方，俘虏的印军人员全部释放回国。中国军队主动后撤到 1959 年 9 月 7 日以前的实际控制线 20 公里以外。这表明中国政府出于保持中印友好关系的愿望，再一次用实际行动表达了通过和平谈判而不是通过武力来解决中印边界问题的诚意。

1963 年的 1 月 14 日，达旺天朗气清，白云蓝天，重峦叠嶂一览无余。达旺的铁皮小屋鳞次栉比，山下的竹林虽已泛了黄色，不如以前那样青翠，但依然挺拔，随风摇曳。附近的门巴族和藏族乡亲们，男女老幼一大清早箪食壶浆，赶来达旺寺下的公路边上聚集。当中国边防部队高举八一军旗列队由南向北走来，道路两旁站满送别的人。七张长桌上摆上了酒肴，为相处两月有余的解放军送别。头戴黑色五角毡帽的老年人举起酒杯向解放军敬酒，有的人献上雪白的哈达，年轻人唱起歌跳起舞来表达着自己的感情。门巴人的习俗是点燃松柏树枝送别亲人，只见松烟袅袅升起，松柏树枝燃烧的香味飘逸，形成了一种别具风格的送别情景。人群中有许多熟悉的面孔，达旺寺的喇嘛，经杨医生的手治过病的村民，他们不停地向我们招手呼喊，由于我们不懂门巴语、藏语，只能心领神会他们的意思了。那天的场景我至今记忆犹新，再见了达旺！

照片 5-12　中国人民解放军西藏边防部队，遵照中央指示，给予印度军队沉重打击后于 1963 年 1 月 14 日撤出达旺，当地群众依依不舍地送别

六 共饮红河水

发生于20世纪60年代的越南战争进行到第五个年头时，美国把战火由越南南方扩大到北方，越南人民的斗争形势发生了重大变化。从1965年4月3日那一天开始，美国出动飞机连续三天轰炸北越的铁路桥梁，致使铁路运输瘫痪。在这紧急关头，中国根据中越两国政府签订的协议，紧急抽调铁道兵部队3万余人，组成中国人民志愿工程队，于6月下旬开始奔赴越南北部抢修、改建和新建铁路，以抵御美国飞机的破坏性轰炸。

中越两国政府于1965年4月签订了《关于修建铁路和提供运输设备器材的议定书》。根据议定书，总参谋部决定组建“中国人民志愿工程队”入越改造、新建和维护北越的铁路及公路。铁道兵奉命以第2师、第13师为主，先后组成了援助越南工程第1支队和第6支队，分别称为“中国人民志愿工程队”和“中国交通部修路工程队”，后来两个支队统称为“中国后勤部队”，并配属了高射炮部队，以保护施工的进行。

作为新华社的一名老战地记者，我又一次踏出国门，参加抗美援越的战地采访活动。两年多以前的中印边境自卫反击战场景犹在眼前，眼下，我又要踏上一片陌生的异国土地了。

我跟随志愿工程队第 1 支队采访，由湖南长沙途经南宁，从凭祥出关奔赴越南。1 支队是以铁道兵第 2 师为核心组建的，部队有数万人。在行进的列车上，每个人把军装、便服改换成统一的蓝色工人装，我也领到了一套，穿着又肥又大，看上去很滑稽。因为当时我国出兵越南的行动虽然是以后勤保障和防空为主，但也是秘密进行的，我国政府并没有正式宣布派出了部队进入越南。因此上级要求每个出国施工的干部战士要严格遵守保密规定，凡是有中文的文件、笔记本、日记本等都不可以带进越南。有中国人民解放军标识的物件必须上缴，由部队派人保管。同时要求每个入越人员不得向家人、朋友说出本人的行动去向，一页纸、一封信都不得泄露出部队的番号和行程。从人们兴奋的笑脸上看得出大家是心甘情愿地去执行一项光荣伟大的任务，它既满足了个人参加革命工作的愿望，也是一次发扬国际主义精神的实践机会。这些人都是青年人，又是军人，心中抱着打倒帝国主义、参加世界革命的浪漫情怀，走上战火纷飞的征程。伴随着昂扬的战歌，火车驶出了友谊关，驰骋在异国他乡的原野上，人人心情激越，憧憬着战斗的明天。

中国出兵援助越南要从 1965 年的 2 月 7 日说起。那天，美国从北部湾的航空母舰上起飞大批战斗轰炸机，侵入越南北方的洞海市、广平省、昏果岛和永灵地区进行轰炸、扫射。这是对越南民主共和国的公然侵略，也是对中国明目张胆的战争挑衅，谁都明白：城门失火会殃及池鱼，中国又一次面临着朝鲜战争初期的严峻形势。针对美国扩大越南战争这一野蛮行径，中国岂能置之不理。时值冷战，美国担心共产主义在亚洲蔓延，必欲扼杀越南民主共和国，同时借以阻挠新中国的经济建设，特别是再次试探中国支持越南的决心与能力。美国直接出兵越南，对中国再一次形成了切实的威胁。有鉴于此，中国仍然秉承自己的信条：“人不犯我，我不犯人；人若犯我，我必犯人。”与朝鲜战争时情况一样，邻居遭难，我们总不能隔岸观火。天降大任于斯人也，出兵援越，舍我其谁！

1964 年，美国总统约翰逊制订了扩大越南战争的计划，对越南北方进行海上武装巡逻侦察，然后从空中袭击越南军舰，制造了“北部湾事件”。他公然讲道：“美国有阻止中国控制全亚洲的能力和信心。”显然美国的国家战略就是遏制共产主义，反对社会主义，就是要使中国就范。越南战争愈演愈烈，战火烧到了中国边境。中国领导人警告过美国当局，美国侵略我们的邻国，要在印支半岛打仗，美国走一步，我们就走一步，美国再进一步，中国也决不会示弱，将奉陪到底。美国一旦越过北纬 17 度线，中国就将再派出志愿军。

1965 年 3 月，美国派出美军在越南的岘港登陆。朝鲜战争的历史画面又重新展现，美国轰炸越南的飞机已经越过了北纬 17 度线……20 度线……中国只能不惜付出巨大牺牲，派兵援助越南。

1965 年 6 月 23 日，中国人民解放军铁道兵 2 师 9 团 (对外称中国人民志愿工程队 1 支队 4 大队)，和伴随同行担任掩护任务的高射炮 63 师 628 团 (对外称 1 支队 6 大队) 开出友谊关，对越南的铁路进行施工改造。当时，北越铁路是以河内为中心的 4 条干线，全长 554 公里，均为 1000 毫米宽的窄轨铁路，统称为米轨，顾名思义是指两条铁轨的内距恰为 1 米。越南铁路原本是在法国殖民主义时期修筑的，路基、桥涵标准低，质量差，铁路缺乏迂回线，也连不成网，车速在每小时 30 公里以下，车厢狭小，运输量非常有限，加上运自我国的货物必须再更换车皮等原因，影响援越物资的运送时效。越南政府请求中国帮助他们改造和新建铁路。中国铁道兵到达伊始，即将原有铁路两条铁轨的系统改建成三条铁轨的系统，使得国际通行的 1435 毫米轨距的列车与越南原 1000 毫米的窄轨距列车都能够通行，有人戏称“三条腿”铁路。

铁道兵 2 师 9 团 1 营是首批入越的，任务是改造北越的铁路线，从我国的凭祥经越南的同登、谅山、北江通往河内。先头部队在同登火车站下车，当即奔向施工现场，一直干到傍晚。他们在国内吃的早饭，在火车上只吃了一点儿饼干充当午餐。此时下起雨来，给炊事班的工作忙中添乱：他们冒雨支灶做饭，雨水不断淋下拍打着锅盖，地下泥泞不堪，烧柴全被浸湿，饭焖得半生不熟，同志们在国外吃的第一顿饭就成了夹生饭。战士们面面相觑，却没有怨言，因为已经到了战场。

部队领受的任务不同于国内施工，和平环境下施工可以有序进

照片6-1　中国人民志愿工程队第1支队第4大队（铁道兵2师9团）大队长周子和与战友们在火车上换装出国援越

行；也不同于抗美援朝时军情紧急，当时是抢修被美国飞机炸毁的铁路桥梁。现今首先是要把原有的路段缩小弯度和坡度，有的桥梁还必须加固，以保障从中国开往越南的载重列车通行无阻。越南一刻也离不开外界援助，中国是主要援助国，其他国家运往越南的物资大都也是过境中国走这条线路，因为越南的海岸线已被美国死死封锁。1950 年以来，中国援越物资已多达上百亿元。这些物资都要经由铁路运往越南各地，其中一部分又要再辗转运往南方各个战场。为了支援越南，中国凭祥火车站在 1953 年开始建设，1956 年即行运营，每日开行 10 多趟列车，日夜不停，铁路员工一天 24 小时轮班工作，中国成为越南战胜美帝国主义的坚强后盾。

早在 1955 年，越南民主共和国主席胡志明访华时，中国就曾许诺向越南提供 8 亿元人民币的援助。1962 年，中国又给越南无偿提供可装备 230 个步兵营的枪炮子弹。中国还将从山西省境内铁路拆除下来的窄钢轨运往越南以解燃眉之急。同时，中国还援助建设越南太原钢铁厂、北江化肥厂等大型工程。中国在国内还指定一些工厂专门为越南生产武器及军需品。1968 年以后，美国飞机重点轰炸“胡志明小道”，周恩来总理指示：在越南担负运输任务的多为妇女，而且靠头顶肩背，我们的援越物资一律用塑料袋密封好，每件的重量也不得超过 30 公斤，既要防潮湿，又不能太重，便于运输转移，适合于游击战争的需求。

这里顺便介绍一下“胡志明小道”，其主干道自河内以南，转向西南方向，经穆嘉关进入老挝的甘蒙省。经过老挝东部地区有九

照片 6-2　中国工程部队到达越南谅山省东莫，受到当地群众热烈欢迎

照片 6-3　援越抗美的年月，凭祥火车站货运场日夜加班工作，大批战略物资源源不断运往越南

条以上的支线进入越南南方，同时有一条向西去的小道进入柬埔寨，绕过波罗芬高原可到达柬埔寨东北部。这一段路也有人称它为“西哈努克小道”。这条秘密通道自二战以后成为越南、老挝和柬埔寨游击队的主要补给线，是越南战争中北越和南越共产党游击队的运输通道，敌人千方百计欲打垮它，炸断它，但均未奏效，它成为敌人眼皮底下的运输大动脉。而在这一运输通道上，最受欢迎的交通工具之一，就是上海生产的凤凰牌加重自行车，可载重800斤物资。西方报刊大肆渲染“胡志明小道”，它成为越南战争中出名的地理名词。它也的确是一条通往胜利的隐蔽栈道，是艰辛之路，更是光辉之路。

中国铁道兵入越施工，起初遇到的困难是气候环境的变化。越南属亚热带季风气候，高温多雨，沿海地势低洼，西部山岭连绵，丛林覆盖。越南地处北回归线以南，旱、雨季明显，年平均气温24摄氏度上下，一年降雨量多达1500—2000毫米。大部分地区5月至10月为雨季，11月至次年4月为旱季。此时正值雨季，蚊虫、蛇蟒、蚂蟥肆虐，这一自然生态环境给铁道兵施工、作战增添了很大困难。旱蚂蟥模样像蚯蚓，但比蚯蚓短而扁平，前后各有一个吸盘，暗绿的保护色中夹杂着淡黄色的竖条纹，活动无声息，偷偷吸吮人血，山林草丛中比比皆是，防不胜防，对施工战士很有威胁，即使把它揪断了也不死，只能用火烧。越南人传说，侵越美军为躲避旱蚂蟥侵扰，都站在椅子上站岗放哨，生怕在丛林中行动被旱蚂蟥叮咬。这虽是道听途说，但却反映了越南的毒虫蛇蟒之多之令人

照片 6-4　中国铁道兵 2 师 9 团 1 营的干部战士，为越南修建米轨和国际标准轨距列车皆能通行的三条轨道的铁路系统

畏惧。我随工程 1 支队政治部驻扎于越南北江省的山区丛林中。一天半夜，我们住的帐篷内悄悄爬进条四五尺长的金环毒蛇，被它咬着九死一生。我们同住的几个人群起攻之，用藤棍子把它抽死。天亮以后我提议把它洗干净剥皮红烧分餐，我和炊事班一起动手烹饪。野餐是一项乐趣，何况是在生活单调的战地，苦中寻乐吧。凡是尝到蛇肉的人皆咋舌称赞，称味道好极了。我盛了一碗送给政治部徐主任尝鲜。他老远就摇手说，我不吃，我可不吃！后来我离开铁道兵部队去其他部队采访，又遇到铁道兵 2 师宣传科的同志，他们告诉我，徐主任不但也吃蛇肉了，还动员其他人打蛇吃，作为改善伙食的小门道，真可谓入乡随俗。

中国后勤部队的指战员们还利用战斗、施工的空隙，在营地周围开荒种地。越南北方地理条件与中国的湖广地区颇近似，雨量丰沛，土地湿润，播上蔬菜种子很容易生长。有心人早就把蔬菜种子从家乡带来越南了。种菜的肥料不缺，大小便攒起来就足够用了。蔬菜长到可以吃了，割下来送到炊事班改善伙食。炊事班还抽空养猪，把国内运来的生猪有计划地养起来，养到节假日宰杀。有的连队把猪都养到了二三百斤重。副业生产缓解了战时部队的紧张情绪，还可以解决一些蔬菜紧缺的问题，给部队改善生活。出国部队继承了中国人民解放军自力更生的光荣传统，体现了人民军队是战斗队、工作队，也是生产队的本色。他们是一支永远乐观向上的群体，处处显现出信心十足，走到哪里都会像金子一样闪闪发光，坚韧无比，永远不会被困难压倒。

照片 6-5　到了施工换班时间，志愿工程队的司号员吹响了军号。部队装备迅速改进，军号也被适时淘汰了

中国工程部队一切后勤供应都是由国内提供，不取当地一草一木，没有与当地居民发生利益冲突的事情，也就不会产生矛盾。越南民众主动为铁路勘探人员带路，广大妇女成群结队帮助部队修筑高射炮阵地，把炮拖上高地、山头。中国部队有军民一家亲的优良传统，抽出一定人力为越南农民抢收抢种农作物，为患病的群众医病，为受伤群众包扎抢救，使得两国军民关系颇为融洽。中国的工程部队最早入越时不穿军装，也没有军衔领章，看上去和平民百姓一样，是穿工人装的战斗队，以后才换上绿色军装，但没有帽徽领章。

小镇克夫，原是谅山至北江之间的一座小火车站，四周是一片平川。工程 1 支队在这里为往西通往太原省的新建铁路建成一支通往河内的迂回线，并新建一处货物转运场。1965 年夏季开工以后，数十台推土机平整土地，轰鸣声不断，一派建设工地景象。这里也就成为美国飞机重点袭击的目标。由朝鲜半岛转到中南岛，老对手旧宿敌，中国的铁道兵与美国的空军飞机又展开了一幕幕“轰炸—抢修—再轰炸—再抢修”的大搏斗。

1967 年 4 月 20 日，克夫车站附近一处铁路桥梁被炸坏，桥墩倾斜，桥梁钢架移位，桥面严重受损。中国铁道兵冒着敌机不断空袭的危险加固桥墩、移正钢梁，修复加固桥面。美军接连出动 F–105、F–4 等新式飞机 24 架，又多批次多方向空袭了克夫火车站。敌机投下重磅炸弹 60 多枚，其中 12 枚命中地面目标。有 12 股轨道被炸毁，车站的其他设施也遭到了严重破坏，十多节火车车厢中弹起火，铁路运输线中断。中国铁道兵经过连续奋战，以最快的速度抢修轨线，欲尽早恢复通车。第二天，也就是 4 月 21 日下午 3 点，美军又出动 12 架战斗轰炸机，分四批再次对克夫火车站和路轨进行空袭，投弹 18 枚，其中 5 枚命中地面上的铁路设施，五条轨道和客运站、货运站遭到破坏。还是昨天抢修的队伍，重返被炸地点进行再抢修。这支队伍已经战斗了一昼夜，在团长、营长的亲自带领下继续抢修又一次被炸坏的铁路，又用 12 小时恢复了通车。中国铁道兵在“轰炸—中断，抢修—恢复；再轰炸—再抢修—直到恢复通车”的明确作战思想指导下，确保越南北方铁路成为一条“打不烂，炸不断”的钢铁运输线。河内到友谊关的铁路线能否畅通，关系着抗美战争的胜败。当炸弹硝烟尚未散尽，即有人爬出防空壕，赶去清理桥墩平台，整治桥梁铁轨，快速平整路基，仅用四天时间就又恢复了通车。工地上绞车、起道机、起重机又开始隆隆响起。在一个月时间里，美机 38 次轰炸克夫车站和附近的桥梁，投弹 1200 余枚。车站被炸得残垣断壁，面目全非，弹坑累累，敌机投下的子母弹不断爆炸。战士们不停地扑灭大火，抢救伤员，一场战斗接着一场战斗，前面的战士牺牲了，后面的战友顶上去。这一仗，我铁道兵有十数人牺牲，有的同志被炸得粉碎，尸首都未找到。铁道兵在流血、牺牲，抢修中高度发扬了“一不怕苦，二不怕死”的革命精神，鲜血洒在越南土地上，为越南的全国解放献出最后一份力量、最后一滴血。

1967 年 8 月 13 日，从早晨开始，美军先后出动了上百架轰炸机，对 1 支队 4 大队 (2 师 9 团) 工作区目标进行了疯狂轰炸，谅

照片6-6　中国工程部队完全依赖国内供给。为了改善部队生活，他们自己做豆腐，做着长期抗美援越打算

照片6-7　中国工程部队缺乏施工机械,战士们用镐挖路基，用肩抬钢轨，为越南建设铁路，用汗水和鲜血铸就中越友谊

山至东莫等六个车站的所有股道几乎全部被炸毁。美机同时还袭击了部队的驻地，造成了部队人员的重大伤亡。美机还对右陇附近的梅花大桥投下了大量的定时炸弹、重磅炸弹、气浪弹等。美机刚走，硝烟尚未散尽，9团3营12连的侦察组就前往大桥进行侦察，一个排奔赴现场进行清理，水中的一枚定时炸弹突然爆炸，班长张仲奇，副班长胡昌贤、闵立海以及战士易继坤、李池银、涂书武、程时忠等7人当场壮烈牺牲，还有多名战士负伤。战友们抢救了负伤的同志，打捞了烈士的遗体，随即又投入了抢修铁路的战斗。战士们的鲜血将河水都染红了。铁道兵在越南的施工现场令人惊心动魄，前仆后继的战斗施工场景，其惨烈程度和悲壮气氛，堪比上甘岭战役。他们的英雄壮举惊天动地，必将镌刻在越南的山河大地之上，铭记在中越的历史上。

1967年8月11日下午4时，美军出动45架飞机轰炸河内市北郊的龙边大桥，使大桥遭受严重破坏。大桥横跨在红河上，正桥长1681米，高约20米，共19孔，中间铺铁路，两侧为公路，是通往越南首都河内的交通要道。龙边大桥是法国殖民主义统治期间，由法国工程师古斯塔夫·艾菲尔设计的，被称为东方躺着的埃菲尔铁塔。它在战时尤为重要，也就成为美国飞机的重点轰炸目标。美军又使出了在朝鲜战争中常用的“绞杀战”伎俩，但他们没想到，在这里维护大桥的依然是当年令美军一筹莫展的老对手——中国志愿军铁道兵。1支队指挥部与越南方面商谈，确定了越方负责第3—8桥孔的抢修，中方抢修被破坏最严重的第14、15桥孔。对于1支队来说，抢修这样的深水大桥也没有现成的经验。为了对抗美国飞机的持续轰炸，保障在大桥被破坏期间运输不中断，指挥部实施了新对策：在红河上龙边大桥以东，临时抢修 3 个河岸码头，由西往东相距数公里，水面上有明码头，水面以下再建筑暗码头，火车不能从龙边大桥上通过时，可以经由摆渡将物资运往对岸，然后再分头运输。

美军飞机紧紧盯着中国工程部队抢修龙边大桥的进度，天上飞机不断来侦察，地面派遣特务搜集情报。空中连续进行轰炸，尤其是大量投掷子母炸弹，对施工活动中人员的杀伤力很大，以此阻断或延缓中越工程队抢修大桥。时值夏秋交替季节，酷热多雨，洪水泛滥。抢修大桥又无法就地取材，所用的器材都由中国供给，钢轨、枕木、桥梁部件，包括水下电缆，都是由天津、上海紧急抽调运送来的。夏季的越南潮湿闷热，战士们大汗淋漓，有时会感到神志滞缓。有的人一天喝数十斤水，再补充盐分，严重缺水会发生脱水性休克。绿色的军用帐篷都隐藏在树丛中，帐篷尖顶处温度高达六七十摄氏度，如果没有风吹进来是无法待在其中的。施工条件恶劣，病号大量增加，干部、医生劝说病员休息，但没有人休息。连回答都很一致："军情紧急！死也要把桥修好！""只有拼命才能完成任务。"因为空气闷热又潮湿，缺乏应有的卫生条件，人们没有时间去洗澡，有些干部、战士下身生出疱疹，发炎溃烂，但他们仍然坚持工作。他们冒着美国飞机轮番轰炸、定时炸弹随时可能爆炸的袭扰，用鲜血和生命、汗水和意志战胜困难，经过 18 个昼夜紧张抢修，铁路桥和临时码头终于完工。1967 年 9 月 30 日，5 小时内从公路桥上通过 400 多辆汽车和 6 万多人，24 小时内铁路桥顺利通过 27 列火车。这项抢修大桥工程是抗美援越战争中又一大创举。

为了保家卫国，为了支援越南抗击美军的侵略，许多中华优秀子弟把鲜血洒在了越南土地上，长眠于异域他乡。我有一位挚友名叫高荣，是铁道兵 2 师 9 团 1 营营长。他们的任务是改造谅山到同登段铁路，我们同吃同住成了朋友。我们是同龄人，共同语言多，他喜爱摄影艺术，常常忙中抽闲与我促膝谈心，直抒胸臆。他拿出妻子的照片给我看，一谈起即喜形于色，对她满意极了。他是东北黑龙江省尚志县人，憧憬着打完仗能在北京安置个家，如果能到铁路学院进修成为一个科班出身的专业人才，那就太好了。没多久，他被调到支队司令部任作战科科长，随铁道兵参谋长龙桂林去查看筑路施工。1966 年 8 月 21 日上午 11 时，他们乘坐的吉普车行驶到越南 1 号公路 91 公里地段，美机低空偷袭，高荣跳下车欲拍美机轰炸的场面，被子母弹击中头部不幸牺牲，同行 5 人，3 死 2 伤。龙桂林参谋长头部中弹，昏迷过去，被救起后送回国内养伤。时至今日，高荣白皙的脸庞，爽朗的笑声，还常常浮现在我眼前。高荣是中共党员，1930 年生，牺牲时年仅 36 岁。他的遗体被安放在越南北江省安世县陶美援越抗美烈士陵园。每逢清明时节，我都会不由自主地仰望天空凝神静思，回忆过去战场上曾经发生的往事，牺牲了的战友那熟悉的面孔，叫人久久无法释怀：他们的父母有人赡养吗？他们的妻儿又在何方？出国支援越南的 6 万多名铁道兵官兵，有 392 名献出了宝贵生命，1862 名光荣负伤，许多人终身残疾。

胡志明主席曾深情地对中国铁道兵说：“你们发扬国际主义精神，援助越南人民打美帝，我代表越南人民感谢你们，感谢毛主席！”越南政府曾评价中国铁道兵：“你们以排山倒海的彻底革命精神，冲破一切困难，给我们开出了一条胜利的道路。”

美国仰仗着空中优势，飞机多炸弹足，不分军民目标狂轰滥炸，欲置中国后勤部队于死地。美国轰炸手段不断升级换代，飞机、炸弹不但数量多，还不时把科技含量高的新式武器投入越南战场，有定时炸弹、延时炸弹、菠萝弹、波浪弹、磁性炸弹，还有专门用以对付雷达兵的百舌鸟炸弹，不一而足。据统计，美军向越南北方投掷炸弹多达 258 万多吨。中国后勤部队面对美机投掷的五花八门的炸弹，组织了庞大的专业拆弹队伍，以排除定时炸弹和投到地面未爆的哑弹，以消除对部队与越南群众的威胁。从事拆弹的同志发挥聪明才智，及时总结经验教训，针对敌人的新型号炸弹尽快找出相应的拆卸方法与对策，实在没有办法拆除就及时引爆。这一危险性极大的工作要求胆大心细，讲究科学技术。比如拆除磁性炸弹就非常危险，这种炸弹碰到金属物质就爆炸，拆除时只能穿短裤，衣服上不能有金属扣子，镶金牙的人都不能靠近。在中国援越抗美部队中涌现出不少拆弹专家，保护部队施工、修路、防空作战。从 1965 年至 1973 年，中国援越后勤部队官兵排除定时炸弹多达 3100 多枚。

工程 1 支队 6 大队，也就是高射炮 63 师 628 团牛志寿团长从阵地上传信来说，8 月 23 日他们击落、击伤美机各 1 架，希望我去采访。这是他们进入越南后打的第一仗，首战告捷，听到这个消息我很高兴。铁道兵工地与高射炮阵地相距不远，628 团的任务是掩护铁道兵在克夫建设火车转运站。该团出国之前驻扎在广西宁明县夏石村。我采访过这个部队的战前教育及实弹打靶，还参与了编写该团出国作战思想教育提纲，和他们的干部搞得很熟。后来新华社要求我尽快到铁道兵部队去采访进入越南后的铁路施工，我才离开该团的。我一到 628 团就见到了高射炮 63 师师长范振声和师政委杜河堤两位首长，我们早就认识。628 团是全师援越抗美作战先遣团，入越两个月尚没有战机，全体指战员心急火燎，产生了急躁情绪。8 月 23 日，美军飞机 4 批 28 架次轰炸克夫火车站，628 团击落、击伤美机各 1 架，我军牺牲 1 人、伤 12 人。这是全师入越后打的第一仗。然而，听师长的口气，对战斗指挥不是很满意，认为火力不集中。好的指挥员对部下都是高标准严要求的，批评多表扬少，这也司空见惯。

范师长和杜政委对 628 团做完指示以后，约我随他们一同去 609 团的宋化阵地，说那个团打得好。我和牛团长告别以后，和杜政委乘坐一辆北京新制造的吉普车北上宋化阵地。在颠簸行进的车子上，杜政委向我介绍了出国作战中的许多感人事迹。部队由福建出发来广西的路上，609 团 5 连战士周凯初，正在军列的值班炮位上值勤。他家住湖南朱亭火车站，谁知军列临时停车，他家的房屋就在眼前。他看到小弟在门口玩耍，他父亲挑着箩筐迎面走了过来。他多么想喊一声爸爸，问一问家里的情况，向爸妈告别，但是，部

照片 6-8　高射炮 628 团团长牛志寿（右第二人）在克夫指挥部研究对敌机作战方案

队为了战备的需要，要求全体指战员绝对保密，守口如瓶，严禁向亲友走漏部队的风声动向。为了严格的保密纪律，他低下了头，转过身含泪避过与父亲的相遇。

高射炮 63 师的代号是中国后勤部队 63 支队，1965 年 8 月 1 日全师大队人马出国参战，当时在凭祥郊区举行的誓师大会我也参加了，还发给我一身草绿色越南军装和头盔。杜政委又绘声绘色地向我介绍了范师长亲自指挥 609 团 1 营，在右陇阵地上激战 87 分钟，击落美机 4 架、击伤 1 架的战况，以及 609 团团长程玉山指挥 2 营保卫宋化铁路桥的出色战斗。

程玉山团长曾经发下誓言："不打下飞机，我就不下山（阵地）。"1965 年 9 月 20 日中午，美舰载机 A–4B、F–8A，14 批 37 架次，在宋化我高炮阵地上空进行穿梭攻击，参谋人员对程团长说："该打了。"有的炮手也催二炮手赶快发射。程团长却命令部队沉住气，靠近再打，全营集中火力瞄准第 1 架，开战必歼。当第 3 批美机袭来，进至我高射炮有效射击距离，程团长命令 18 门炮同时开火，当即就有 1 架 A–4B 飞机被击中，在空中爆炸。在程团长的指挥下，这天击落美机 4 架、击伤 1 架。越南国防部长武元甲大将特来电致贺，给予嘉奖。程团长指挥部队集中火力近战猛打的战术被迅速推广开来。

战况瞬息万变，胜负随时转换。1965 年 10 月 7 日，609 团遭遇了困境。美军在宋化遭遇重大损失之后，进行了孤注一掷的报复，不惜代价，采用大机群地毯式轰炸，集中围攻 609 团阵地。10 时

照片 6-9　高射炮 63 师出国前在凭祥举行了援越抗美誓师大会

20 分，4 批 26 架美机对 609 团阵地进行轮番轰炸。程团长观察着敌机的动向，判断美机主攻方向及主攻目标，下达开炮命令，7 分钟内击落美机 2 架。10 时 38 分，一架美机从正南方低飞至指挥所上空投下 4 颗 500 磅重的炸弹，3 颗炸弹在指挥所掩体内爆炸了。团长程玉山、政委李万安、参谋长王锡森等 14 人壮烈牺牲。团指挥所通信中断。各营继续单独顽强战斗，誓与阵地共存亡，奋不顾身与美机搏斗。2 营营长立即指挥各炮“集中火力近战”，又击落美机 2 架。这一仗共击落美机 4 架，活捉美国中校飞行员 1 名。事后广州军区为程玉山团长追记一等功。罗瑞卿大将指示广州军区在广西军区礼堂为程团长等烈士召开了追悼会。根据上级安排，程团长、李政委、王参谋长的遗体运回南宁安葬在烈士陵园，其他烈士安葬在越南宋化烈士陵园。一次牺牲三位团级指挥员的不幸消息也惊动了中、越两个国家的领导人，周恩来总理为之动容，越南胡志明主席长叹：“可惜，可惜！代价太大了！”程玉山 1921 年出生在河北省魏县一个农民的家庭，1941 年参加八路军，在抗日战争、解放战争以及抗美援朝战争中作战英勇顽强，戎马一生，最后为越南人民的抗美救国斗争献出了生命。609 团入越参战，任务是沿谅山—北宁一线机动作战，两个多月先后转移阵地 10 多次，作战 9 次，用苏联 20 世纪 40 年代生产的老式单管 37 毫米口径高射炮击落先进的美机 17 架，击伤 4 架。

我念念不忘的 628 团，又相继传来战报。1965 年 10 月 17 日，两架 F-105 敌机来我高射炮阵地侦察。牛志寿团长指挥 4 连和 6

照片 6-10　高射炮 609 团运用苏联老式单管“37 高炮”集中火力近战歼敌，战果突出

连集中火力，点射一分钟击落其中一架，仅用了 90 发 37 毫米炮弹。12 月 1 日该团 6 连在阵地上于 3500 米外捕捉到一架美机，把距离压缩到 2200 米，全连集中火力齐射，仅用 28 发炮弹将其击落，创造了以最少的炮弹击落一架敌机的战绩。指战员们异常兴奋，说是打了翻身仗。其实上次仗打得也不算赖。指战员们个个心高气盛，消灭敌人保全自己，成为刻骨铭心的信条。这一训练有素的部队，及时总结经验以利再战，必然所向无敌。

铁道兵配属有 30 个高射机枪连进行掩护施工。在友军高射炮部队的支援下，组织严密的对空火力网，有效地掩护了铁路施工，保障了施工进度。迫使敌机对铁路目标的攻击由低空改变为高空进行，由逼近目标投弹变成远离目标投弹。美机被击落、击伤的越来越多，美军的嚣张气焰变得越来越弱，也越来越怯懦了。因飞机被击中而被迫跳伞的美军飞行员情愿当中国军队的俘虏，也不要被越南人逮住，他们一旦跳伞落地，急忙逃向竖有红色语录牌子的地方。也许是有“高人”指点，他们似乎知道有毛主席语录牌的地方就是中国军队的驻地。而且美国飞行员每人口袋里揣着一张救命符：“我是美国公民，我不会说中国话。我不幸要求你帮助我获得食物、住所和保护我。请你领我到能给我安全和设法送我回美国的人那里。美国政府必大大酬谢你们。”（护身符由尼龙丝布印刷制成，一尺见方。）

当 1965 年 6 月下旬，中国的工程部队开始踏上越南的土地，西贡政权广播电台就作为重大新闻播报了，声称中国派遣了庞大的

照片6-11　高射炮63师在北江阵地上严阵以待。北江是北越重镇，交通要冲，美机重点袭击的目标

照片6-12　高射炮63师阵地上的观测兵，随时警惕美机入侵并测报美机相关数据，为高射炮提供参数

武装部队进入越南。美国人对此也清楚，不过还是采取了“装糊涂”的策略。美军的侦察手段是多方面的，中国出兵，美国人不可能被蒙在鼓里。我军如此大规模的行动是无法瞒天过海的。在广西的凭祥，夜间天气晴好，就可以观察到卫星时常闪过。新华社记者随军采访一行就有十数人，还有其他新闻单位，如人民日报、八一电影制片厂、解放军画报社的记者多人，新闻队伍很庞大。大家全都做了两手准备，美国人走一步，我们也就前进一步，毫不示弱。中国出兵越南北方，美国人如若公开宣传，我国也就公开报道。由于美国对此保持了缄默，中国也就心照不宣了。由于美国采用的策略是只打不说，我国同样采取了只防御不宣传的方针。据专家分析，美国之所以在对北越采取军事行动时只字不提对手有中国军队，有三方面原因：一是美军在越南战场上伤亡很大，战斗情绪低落，生怕影响美军士气；二是唯恐国内民众反战情绪更加高涨；三是美军在北越被击落的飞机和被俘虏的飞行员在北越人手中，一旦家属要人，亲友要探视，就更被动，一点儿办法也没有。顺便说一句，当时中苏关系紧张，在越南北方尚有少数苏联萨姆地对空导弹部队也参加了对美国飞机的防空作战。中苏部队之间没有往来，他们打他们的萨姆弹，我们打我们的高射炮，没有交流，没有配合。

越南人民遭遇到强大无比的敌人，能得到中国的后勤部队帮助，是真诚地欢迎。1967 年 3 月在越南南方，美军的地面作战部队已达 56 万人，另有澳大利亚、新西兰、韩国等国军队 7.2 万余人。美国空军对越南北方的轰炸由北纬 17 度线逐步向北推移，一直扩

照片 6-13　被我高射炮部队击落的美军飞机残骸

照片 6-14　侵越美军飞行员随身携带的用中、越等国文字印制的证明文书，尼龙质地，不怕水浸雨淋，他们将它当作“救命符”

展到中越边境一带。从 1965 年 2 月至 1968 年，美国空军对越南北方的空袭已达到 10 万多次，越南战争演变为继朝鲜战争之后又一场侵略与反侵略的大规模局部战争。1968 年 3 月 31 日，美国政府迫于国内和国际压力，对越南北方的轰炸开始“逐步降级”。从 11 月 1 日起，美军停止轰炸越南北方。据此，经中越两国政府商定，中国援越高射炮部队于 1969 年 4 月底前陆续撤回国内。

高射炮 63 师 628 团凯旋，回到了河南驻地。我去看望战友们，见面都特别高兴，畅谈最多的是部队战果与战斗情景，他们师共击落美机 54 架、击伤 22 架。他们津津有味地说着：有一不怕苦，二不怕死的战斗精神，有集中火力近战的战术，啥子敌人都不怕！他们俘获美国飞行员 3 名，还有 3 名美国飞行员在他们阵地附近坠地摔死了。经过这次抗美援越战争锻炼，部队装备加强了，军事技术提高了，与抗美援朝战争相比：在朝鲜，我高射炮部队平均 24 次战斗击落敌机 1 架；在越南，平均每战必有收获。从消耗弹药来看，同样数量的弹药在朝鲜能够击落 1 架敌机，在越南可以击落 4 架美国飞机。有的同志赠送我战地纪念品，皆为炸弹片或飞机铝壳做的手工小玩意儿。一营长送我一支直径约 3 厘米粗的藤条爬山手杖，我保存至今。

1973 年 1 月，美国与越南各方签订《关于在越南结束战争、恢复和平的协定》，随后美国从越南撤军。1975 年 5 月，越南人民解放军解放西贡，越南战争结束，抗美战争获得胜利，实现了国家统一。

七 | 杀鸡用牛刀

曾几何时，数十万中华儿女义无反顾地奔赴越南，抗击美国对越南北方的侵略，其中上千中华儿女牺牲在越南的土地上。中国人民记忆犹新，我们出人出力，节衣缩食，勒紧裤带，用高达数百亿元人民币去支援越南的独立和抗美救国，帮助他们从老牌法国殖民主义者手中挣脱解放出来，又把后来的美帝国主义赶走，最终取得了国家统一。然而，越南全国统一刚刚几年，形势发生了令人意想不到的变化。中越关系愈发紧张，1979 年初，新华社开始搜集材料，为之后的评论文章《是可忍，孰不可忍》(后此文刊发于 1979 年 2 月 17 日《人民日报》)做准备。中国要出兵惩戒越南，不能容忍越南实行地区霸权主义，欺小凌弱，为虎作伥，侵略邻国。

我接受的任务是带领一个摄影报道小组，去东线兵团广西战区进行报道。这个思想上的弯子转得太大太突然，头脑里千头万绪，不得其解，要知道，这离 1969 年我国支援越南的高射炮与铁道部队撤回国来才仅仅过去了十年啊。我必须搞清来龙去脉，才可能完成这一任务。自己昏昏，难以使人昭昭。

越南 1975 年全国统一后，自诩为世界第三军事强国，特别是在中美关系得到改善以后，越南开始在中苏之间做选择。1978 年 6 月，越南加入以苏联为首的经济互助委员会(COMECON)。作为苏联的伙伴和代理人，苏联默许它搞“印度支那联邦”，由越南充当老大，客观上帮助苏联达到包围中国、牵制中国的战略目的。越南为了称霸印度支那半岛，也为了得到苏联的支持和援助，甘愿替苏联火中取栗。它在行动上猖狂反华，将越南华人的私人企业收归国有，残酷迫害华侨，一些人遭到逮捕和屠杀，迫使成千上万的华侨不得不抛弃财产逃往中国或其他国家。《河内之声》广播电台公开指责中国是“北京扩张主义集团”，进而宣称“北寇妄图侵占邻邦领土，以遂其称霸亚洲的狂妄野心，(越南)党中央和政府号召全体军民再次奋起反抗外族侵略”，“中国是越南的头号敌人”，各种反华言论甚嚣尘上。越南当局又多次调整征兵范围，从过去的 18 岁至 30 岁，扩大到 16 岁至 46 岁。同时，越南变本加厉，出兵占领我国南沙群岛等岛屿；在中越边境侵占中国领土，打死打伤我国边民。

越南的野心远不止于此，当时中国刚刚结束“文化大革命”，国力大大消耗，解放军多年未打仗，军事训练也受到影响。越南认为有机可乘，加上背后苏联的支持，于是，于 1979 年 1 月用武力强行占领了邻国柬埔寨的首都金边，推翻了民主柬埔寨（红色高棉）政权，成立了“柬埔寨人民共和国”。在越南抗美救国战争期间，柬埔寨人民用生命和土地支援越南，“胡志明小道”很长一段路程是在柬埔寨境内的，而且柬埔寨游击队直接参加了反美战争。尽管当时的红色高棉政权奉行极左路线，在国内实行独裁专制，屠杀无辜民众，已经丧失了柬埔寨人民的支持，但是越南所奉行的扩张主义侵略行径也理应受到制止和惩戒。中国出于当时整体国际形势和地缘政治大局的考虑，如果继续容忍越南的侵略行径，势必给我们遗留后患，最后殃及中国。从长计议，中越之间将要发生的这一场战争是不可避免的了！

新中国历来都主张反对侵略扩张，抗美援朝如此，中印边境反击战也是如此，援越抗美又何尝不是如此！国际形势诡谲多变，美苏冷战多年，关系十分紧张，然而 20 世纪 70 年代以来，以尼克松访华为标志，中美关系不断改善，两国开始相互接触，最终于 1979 年 1 月 1 日正式建立了外交关系，邓小平副总理随即访问美国，使得美苏对垒的冷战格局起了变化。当时新华社印发的《参考资料》反映了不少有关这方面的情况。邓小平访美的目的很明确：一是完成中美建交事宜；二是通报给美国，中国对越南最近的侵略行径要进行惩戒，取得美国的理解和战略上的支持。2 月 1 日，《中美联合公报》在华盛顿发表，两国“重申双方反对任何国家或国家集团谋求霸权或支配别国”。邓小平在华盛顿记者招待会上回答有关越南侵占柬埔寨问题时说，对付这样的人（越南），没有必要的教训，恐怕任何其他方式都不会收到效果。美国总统卡特和邓小平谈到美国接受了“越南教训”，潜台词或是要谨慎行动，邓小平很自信地说：“要看是哪家的军队了。”言语中，对中国人民解放军抱有必胜信心。邓小平还对卡特说：“越南进攻柬埔寨是一个严重的问题，是苏联战略部署的一部分，如果不加以阻止，就会造成更大乱子。越南建立印度支那联邦的野心由来已久。”中国领导人高瞻远瞩，对越南的称霸野心看得很清晰，而且决心坚定，信心十足。美国领导人也心有灵犀，副总统蒙代尔访华在北京大学演讲时说：“虽然我们制度不同，但是我们有共同的利益。为此，我们将坚定地和你们站在一起。任何企图在世界舞台上孤立和削弱你们的力量也有悖于美国的利益。”中美长期的纠结开始化解，有了某些共同点。军事斗争是政治斗争的继续和升级，不管人们愿不愿意，中越边境上势必发生一场地域性的局部战争。

1979 年 2 月 17 日，中国人民解放军在云南、广西中越边境地带发起对越南的自卫反击攻势。清晨 6 点 40 分，广西壮族自治区靖西县境内的庭豪山上也打响了。庭豪山位于中越边境 62 号到 63 号界碑之间的中国一侧。1978 年 3 月，越南出兵占领庭豪山，打伤在山下从事农业劳作的中国农民 12 人，掳走 8 人，其中有 6 人抓到越南以后被杀害。11 月 1 日，我边防战士和民兵在庭豪山附近排除越军设置的障碍物，越南军队用机关枪疯狂射击，打死打伤我边防战士和民兵 18 人，抓走 2 人。越军疯狂已极，引起群情激愤，请求政府为他们做主，为他们讨还血债。

我们广西前线记者组从南宁急匆匆赶到靖西县广西军区边防2团采访。此时，虽然我是一个老战地记者，已经多次在战场进行过采访，但毕竟年近五旬，夜间爬山到前沿指挥所，行军中不允许打手电筒，道路泥泞打滑，肚子又饿，浑身无力，两腿发软踉跄难行，后背上却不断冒汗，衣服都湿透了。我开始呕吐，这是我的老毛病，一旦疲劳过度，睡眠不足，即出现此症状。我咬紧牙关还是跟上部队到达了前沿指挥所。我已是精疲力竭，体力不支，坐在地上喘息，一抬头看到了广西军区副司令员石伴樵，真令我喜出望外。可谓人间有缘分，千里逢故人。他也认出了我，喊道："你是新华社老孔！"说着赶快把自己的水壶打开递给我。我和石伴樵早在1962年中印边境自卫反击战时就认识了。许多年过去了，这次又在火线上相遇，令人百感交集。石伴樵是江苏淮阴人，1949年第四野战军南下，他担任44军132师395团副团长。1955年进南京军事学院基本系学习并担任班主任，上校军衔，毕业后担任拉萨市警备司令。"文化大革命"开始后，他被批判斗争后下放到农场劳动，直到1971年恢复工作，调至广西军区任副司令员。

17日凌晨，广西边防2团团长刘俊指挥部队冲上了庭豪山，战斗进展顺利，上午10时7分结束，收复了被越南军队非法侵占约一年的领土。我军炮火集中而准确，敌人40多人被打死，30多人逃跑。我边防2团战士牺牲4人，伤16人。战斗结束已近中午，刘俊团长拉着我上山去看战场，我告诉他我还没吃饭，已是饥肠辘辘。他吩咐炊事班赶快开饭，特意炒了盘猪肝，煮了一锅面条，同

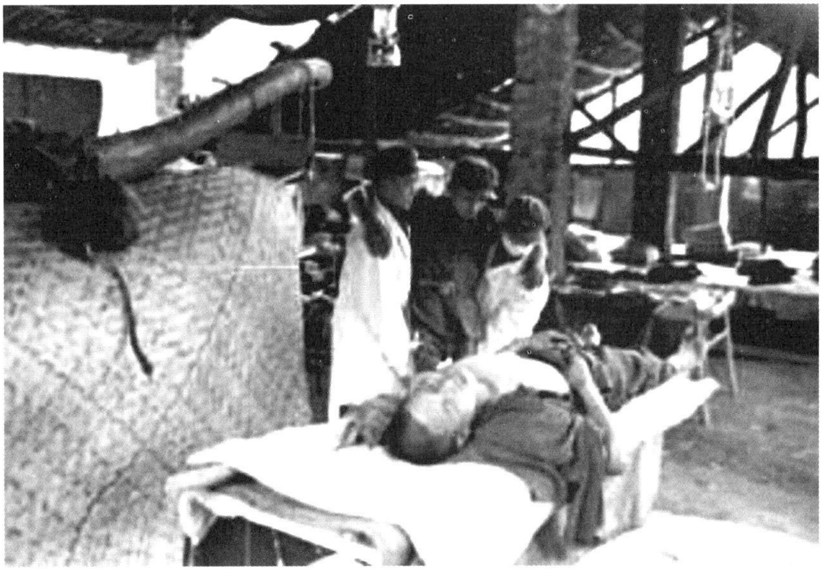

照片7-1　2月17日，收复庭豪山战斗中牺牲的一位年轻战士。战地救护人员为他清理伤口、整容，遗体火化以后将安置在靖西县烈士陵园

志们痛痛快快吃了一顿鲜香可口的热饭——最近几天大都是吃压缩饼干了。走上山顶要经过一片丛林，再爬过一段小山坡，刘团长叫战士把缴获的越南公安部队的三匹小马也牵上。每匹马脖子上再系一条缰绳，人可以拽着缰绳借力爬坡。庭豪山南北走向长约二里，去年越南军队侵占了主峰，凭借居高临下的地形射杀中国军民。现在五星红旗又在山头上飘扬了。山顶上有 2 团的士兵守卫，装备着无后坐力炮、重机枪，严阵以待。战士们还配备了防毒面具。阵地上与解放军共同守卫的，还有架上了高射机枪的靖西县农具厂民兵们，他们一听说我是记者，就要求我给他们拍张照片，这也正是我想要拍摄的内容。当我们走进已被炮火摧毁的原越军工事里，真是感慨万千，越军遗弃的武器、子弹都是中国造的，面粉袋上印着汉字，军用饭锅等也都是中国制造的。这些物品都是中国人民无偿援助的抗美援越物资，经受了冷暖岁月，而今以这样的形式物归原主了。

忽然，41 军靖西县龙邦镇前线传来消息，说越南军队来偷袭。我急忙从边防 2 团驻地赶到了 41 军 123 师政治部。师部介绍我去 368 团采访 2 营 5 连，说该连事迹典型突出。我赶到 5 连时，部队正整装待命，准备上八姑岭阵地迎敌，连长命令战士休息片刻，解决大小便，然后即刻出发。2 营教导员占益声指着一个英俊腼腆的小伙子说：“他就是陈全钢，孤胆英雄。”陈全钢不好意思，显得有点窘，连忙举手向我们敬礼。我请他坐在地上，自己也赶忙坐下，跟他谈起前几天的战斗情形。同时，我抓紧给他拍了几张照片。陈全钢长得威武帅气，天生白皙，不爱多说话。随后我又拍摄了多张

5 连集结准备出发投入战斗的照片。我望着队列爬山远去的背影，祝他们马到成功。之后，我急急忙忙赶到靖西县邮政局往北京发送传真照片，说明是这样写的：“我边防部队某部五连战士陈全钢，在反击越南侵略者的战斗中机智勇敢，孤胆作战，在敌后坚持两天两夜，击毙敌人 10 名，击伤两名，炸毁敌人碉堡一座，胜利完成任务，在火线上光荣加入了中国共产党。”照片在中央各大报纸和地方省报上刊载了。但令人震惊的是，陈全钢就在当天的战斗中壮烈牺牲。我听到这一噩耗后悲愤交加，痛楚难释。他太勇敢，又太英俊、太可爱了！战争残酷无情，这么出众的小伙子却永远离开我们而去。他为了捍卫祖国的尊严而抛洒了全身的热血，我有很长时间眼前怎么也摆脱不去他那稚嫩的面庞和深邃有神的一双大眼睛。我和他短暂相晤不到一小时，却终生难忘。

我从靖西县邮局向北京传真完陈全钢的照片，又急忙跑去 122 师炮兵团阵地，目睹了一场激烈的炮战。敌方是越南的 346 师炮兵，双方打得都很顽强，烟尘土石飞扬，炮声震耳欲聋。我身边的几位战士负伤倒下了，被卫生兵用担架抬下阵地，十几分钟工夫，炮兵团就牺牲数人。指挥员劝我赶快走开，说：“太危险了！这种情景拍了照片也没有用。”我还是坚持不下火线，与指战员们同生死共命运。倘若炮弹已飞过来，跑得再快也不行，生死有命，躲进猫耳洞内也无济于事。战争中总会有牺牲的。何况敌人离我军阵地很远，没有子弹射过来的危险。我当时不知道从哪里来的一股劲头，跳上山坡继续拍照。战士们却受到极大鼓舞，喊我“老英雄”。当时战

照片 7-2　41 军 123 师 368 团 2 营 5 连 1 排战士陈全钢。1979 年 2 月 26 日下午拍摄

照片 7-3　越南战俘被押送至战俘收容营地

况太紧张了，也许是他们看我的头发已经花白才这样赞誉。我明白，炮战停止再钻出洞来拍照片要安全得多，但那会令我汗颜，无地自容。战士就是战士，部队昂扬的战斗情绪和忘我牺牲精神感染了我，我忘掉了自己的年龄，情绪激昂，仿佛又年轻了，好像有一股动力促使着我，越是靠近火线越过瘾。也许是陈全钢的英雄事迹鼓舞了我，在炮火连天中采访，勇敢才有智慧，大胆才出好照片，离开火线老远拍出的照片还能有战斗气氛吗？在军队中胆子小的人是被人瞧不起的。我离开炮兵阵地时，一位小战士往我口袋里塞了一个苹果。我非常感谢他，多年以后也忘记不了这件小事。战场上苹果是稀罕物，有真情实意的人才送，此情此景让我无比感动。

战地上人人神经绷得都很紧，常发生一些叫人不可思议的“乌龙”事件。2 月 18 日，我们记者组从龙邦前沿阵地驱车回边防 2 团驻地，看到路旁炮兵 3 师 12 团阵地威武整齐，我抄起照相机就要拍照，一名干部率领一群战士把我们的汽车包围，问我们是干什么的。我将记者证拿给他们看。他们不相信，要把我们带走，去哪里也不说。同行的老记者阎吾告诉他们，虽然我们的证件无法验证真假，但我们说话的口音不可能假装吧！我指向阎吾说：“这位老同志是新华社军事组组长，他满口山东话还能假装吗？越南人学不会说胶东话的。”那位干部更加严肃，态度严厉，声嘶力竭地呵斥着不许我们走，气氛十分紧张。这才是“秀才见了兵，有理说不通”。我告诉他们，我们报道工作很紧张，耽搁不得。他们又打量了我们一番，思忖过后总算让了一步，同意跟我们到边防 2 团看个究竟。

直到2团证实我们确实是新华社随军记者，他们这才转身走开了。

无独有偶，接着又发生了一桩更为滑稽的事情。2月20日上午，摄影记者池兴旭从122师驻地靖西县孟麻（村）来电话说俘虏了一名越军师参谋长，要用传真机向总社发照片。我急忙赶到孟麻，并拍了许多审讯俘虏的照片。他供认自己是越南36师的参谋长，名字叫龙松，48岁。上级领导很重视这个俘虏，派直升机把他接走去审问。随后证实了他其实只是一名教师，因害怕受到虐待，胡说一气好免得吃苦头。他的谎言令部队与我们浪费了不少时间和精力，也浪费了我不少胶卷。弄清真伪以后只好把他释放。

许世友司令员指挥的东线兵团，向高平市和谅山市的进攻却并非一帆风顺。对越自卫反击战有地缘特点，因为战争本身又是局部的、有限度的，这就不免束缚了部队的手脚。新闻报道针对性强，是名副其实的国际宣传战工具。新华社广西东线兵团报道小组主要力量集中到凭祥市，加强对谅山战役高时效和有针对性的报道。

2月20日，55军攻克越南的同登镇，但是在占领一个法国人遗留的炮台时却费了一番周折，经过三次血拼才得手，部队伤亡很大。越南在同登各交通要道修筑了许多明暗工事，凡是我步兵可能通过的地段都修筑地堡，布设地雷。越南的1号公路上设置了无数防坦克障碍物和地雷场。法国人修筑的永久性军事工程炮台在一处平顶山上，又叫“鬼屯炮台”，呈多角形布局，位于同登西南方，离中越边界线约两公里。当年我国援越抗美战争期间，我曾经随同高射炮63师转战越北，越南同事曾带领我们参观过这座炮台。炮

照片7-4　根据东线许世友总指挥命令，我军重炮推进至同登，向越军纵深阵地猛烈轰击，给予敌军工事严重破坏，发挥了震慑威力

台有三层，钢筋混凝土结构，其厚度达 1.5—3 米，有暗道通往同登镇，可屯兵 3000 多人，既布局严密又各成体系，既可出击又适于撤离，规模宏大而坚固，扼守中越铁路线和越南的 1 号公路。这座炮台是法国人依照“马其诺防线”的思路及方式设计的，从 1940 年开始修建，后由日本侵略军经手继续营建加固，又历时三年方才建成。55 军 163 师向法国炮台发起两次攻击均未能拿下它，2 月 21 日拂晓，我军首先对炮台工事进行了饱和性轰击，然后以火箭筒对准碉堡射孔精确射击，终于将敌人火力压住，突击部队再用成捆的爆破筒把几个主要的坑道口炸塌。最后由工兵一不做、二不休，用炸药把固若金汤的法国炮台炸毁了。当时爆炸声震天动地，即使我国的凭祥市都有强烈震感。从法国炮台跑出来的俘虏说，有 1000 多越军被埋在了里面。他们还说里面没有越南老百姓，因为 1979 年春节前后，越南政府已经开始大规模地撤退居民，老百姓不许留住同登地区。

越军从河内调来精锐部队欲作困兽斗，谅山北部爆发激战，越军使用了化学武器。许世友司令员命令将重炮推进到同登，压制住敌人的各种火力，炮兵也要用拼刺刀的劲头打击敌人，对付忘恩负义的越南当局不能心慈手软，要将他们打得片甲不留。谅山战役的胜利，炮兵起了巨大作用。3 月 1 日 9 时半开始，我军集中 300 多门大口径火炮，30 分钟内发射了上万发炮弹。阵地上硝烟滚滚，炮声隆隆，炮弹铺天盖地飞向越军阵地。参谋人员称，此次战役中国炮兵可与第二次世界大战中的苏联炮兵媲美。许世友司令说：“徒弟胜过师傅是不足为奇的，不然怎么会青出于蓝而胜于蓝呢？”

谅山战役，55军坦克团打得很出色，发挥了装甲兵应有的作用，但是自己的损失也不小。2月17日我军进攻同登镇，24辆坦克配合部队正面攻击敌人阵地，由于通信设备落后，坦克与步兵失去联系，迫使坦克兵各车独自为战，单车冲击，未形成坦克与步兵协同作战的最大威力。7连连长李德贵带领4辆坦克冲入敌军炮兵阵地，摧毁了敌人两门火炮和两挺高射机枪。只见我军坦克如入无人之境，用炮轰，用履带碾，摧毁了越军6台弹药车。但是他们也陷入孤军作战的境地，数小时内我方有10辆坦克中弹，李连长壮烈牺牲，最后仅有一辆坦克撤出战斗返回营地。

3月2日，163师的工兵部队排除了同登至谅山1号公路上120枚反坦克地雷，为坦克进攻谅山打开了通道。我拍摄了坦克团4连向谅山进攻的情形。战地炮火连天，公路附近不时扬起烟尘。我和阎吾同行，他出于关心对我说：“老孔，你已经拍到照片了，我们赶紧往回走，情况不妙！”阎吾是一位老到的军事记者，战地采访经验丰富。我们离开谅山北郊回来的路上，看到路旁一队战士布置成一个警卫圈，当中是55军副军长孙辅臣正带着几名作战参谋人员指挥调动部队进攻谅山市区。我们就地采访，孙副军长劝我们赶快后撤，说这里太危险。见我俩走到他跟前又记笔记又照相，他连忙催促着说：“越南兵专挑你们这样的人狙击，你们是他们最中意的目标。”我实在不愿离开此地，有坦克进攻的场面，又有指挥员临阵指挥的情景，生动的战场画面近在眼前，机会难得。

照片 7-5　3 月 2 日，55 军坦克团 4 连向谅山市区进攻

3 月 2 日中午，55 军 164 师 491 团冲入了谅山省府大楼，在楼上升起了中国军队的红旗。随后，各支中国军队会师于奇穷河大桥上。战斗至 3 月 2 日晚，越军的零星抵抗被肃清，谅山北市区被中国军队控制。然而，越南却通过宣传工具称：中国军队被阻断在谅山市外，越南军队守卫住了谅山。许世友听到参谋人员这一报告火冒三丈，下达命令："奋勇前进，再打过奇穷河！"55 军 163 师 3 月 4 日再次打过奇穷河，进入谅山市南市区。谅山市是省会，奇穷河横贯市中心，由东向西穿流而过，水深不过二三米，宽处也不过 200 米，以河为界，河南是老市区，河北是新市区。55 军部队再次向南展开攻击。

为了提高新闻报道的时效，将新闻稿及时传送到北京总社编辑部，我和传真机操作员丁宝富、王占恒马不停蹄地赶到凭祥市邮政局联系，表明我们要利用邮局的线路向北京传真照片，请他们提高时效与传真质量。邮局的同志爽快地答应，并说已经收到上级通知，保证新华社发稿的时效。总社来电话说报纸要求看到更多谅山前线的照片。为了及时拆穿日本驻越南记者所发不实消息，说中国军队没有打进谅山市，只能用我军占领谅山的照片堵上日本记者的嘴，于是我给 55 军政治部打电话，请他们把部队拍的谅山战斗照片放大成 6 寸并写上详细文字说明，要绝对准确无误，送到前线指挥部转交新华社记者组，希望他们协助，这对部队也是很好的宣传鼓动。部队很快送来 163 师攻打谅山的照片。我抢时间将李永安拍摄的 3 月 4 日我军占领谅山省府大楼照片传真发往北京。新华社社长穆青看到照片以后笑逐颜开说：“这可是救命的照片！”于是马上向国内外发稿，揭穿越南和西方新闻媒体宣传我军没能攻下谅山的歪曲报道，同时也拆穿了越军如何能打仗的谣传，所谓“第三军事强国”的牛皮被戳穿了。

谅山市，在援越抗美战争中我多次途经这里，有时乘火车，有时搭汽车。它是一个具有异国风情的小城，房屋、街道、铁路，甚至树木花草都是小小的。起初，看到的是清洁干净，法式的黄、绿色小房屋，很是整齐。我目睹了中国铁道兵在这里为越南建设铁路，高射炮部队在这里打击美国飞机。当年通过谅山市区内的奇穷河大桥时我军受到热烈欢迎，那情那景，我还保存着不少照片。自从 1966 年美国飞机开始轰炸谅山的铁路设施，谅山一夜之间变得弹坑累累，街道房屋破烂不堪。这座小城饱经战火蹂躏，而此次战争的创伤尤为严重，显得更加凄凉。残垣断壁，物是人非，令人感觉不是滋味，既悲凉又酸楚。十几年前，越南男女老幼在街头欢迎中国部队，而今很少看到人影。即使见到上了年纪的老太太，也是惊恐不安的样子。越南领导集团的更替，狭隘民族主义的灌输，使两国关系发生了变化，使越南人民对中国充满偏见，我军有些战士就是被越南平民袭击而身亡的。163 师一个连队在清剿被打散的越军时发现一个女兵，她先是卖俏讨好，然后就要拉响手榴弹，欲与我军战士同归于尽，但最后未能得逞。此一时，彼一时，此时的越南已完全转变成另一重天地。经过多年战争的越南人，战斗经验丰富，他们利用越北草木丛生，山陡洞多的地利，因而神出鬼没地对付中国军队，给我军制造了不小的麻烦。

3 月 5 日，我军宣布停火，中国部队开始撤回国内。广西宁明县城热烈欢迎部队凯旋，满城锣鼓喧天，尽是红旗招展，欢呼声响彻云霄。在凯旋的部队中，我看到了 55 军坦克团 2 营 4 连的坦克兵们，我们倍感亲切。炮长王家骐紧紧握住我的手说："在谅山看到了您给我们照的相，我们非常激动，当时没机会和您说句话，真替您担心！"我听到他这句话心里头热乎乎的。其实，我又没去冲锋陷阵，周围都是自己人，怕什么！他们杀出一条血路冲入谅山市区，是钢铁战士。他们看到我采访拍照而受到鼓励，我们的战士是多么真诚可爱！ 21 岁的瑶族驾驶员李绍义（桂林恭城县人）、二炮手刘开基也跑过来和我握手。3 月 3 日晨，坦克 4 连用猛烈炮火掩护部队强行通过谅山市内奇穷河大桥，攻占了谅山市南市区文庙等地。连长的座车通信系统出了毛病，指导员梁妃六接替指挥。4 连共击毁越军坦克、装甲车 14 辆，战后被评为功臣连。其中 411 号坦克，4 日上午击毁敌坦克 2 辆、火炮 2 门、暗堡 2 座，战绩优胜。

在庆功会上我还采访了 55 军广为宣传的"狼牙山老将军李万余"。163 师 54 岁的副师长李万余，打起仗来依然宝刀不老，身先士卒，战士们没有一个不佩服他的，都主动为他请功。他深入 448 团带领前卫营冲向同登，越军顽强抵挡，寸土不让。李万余下命令：同志们不要恋战，不要急于抓俘虏，全力向指定目标前进。李万余心中有数，这场战争俘虏既不好抓也不好带走。后来事实证明的确如此。打下同登时，有个越南兵假装举手投降，然后拉响手

照片 7-6　第 55 军坦克团在对越自卫反击作战中，前仆后继英勇杀敌，战果辉煌，胜利回国时，受到群众热烈欢迎

榴弹，转身就跑，被我战士踢开手榴弹，把他浑身打成了筛子。类似事件不止发生了一次。行军中，李万余把战士身背的两箱子弹抢过一箱扛在自己肩上。他言传身教，提醒连长们如何与炮兵协同作战，绘声绘色地教导战士如何分辨不同方向射来的子弹，怎么从炮弹呼啸声音的不同来区分弹着点的不同。打仗不可以傻大胆儿，更不能惊慌失措。我军占领奇穷河大桥后，上级要求坚决守住。战士们由于十几个日日夜夜的战斗，困乏得很，不想立即挖掩体工事而想先打个盹，李副师长拿起锹镐带头挖工事，以身立教，身体力行，告诫战士们要平时多流汗，才能战时少流血。战士们叫他“老英雄”，这的确名副其实。他是狼牙山五壮士连队走出来的老兵，立过 8 次大功、2 次小功，是著名的全国战斗英雄。

中越边境自卫反击作战的每一个胜利都与数十万民工的支援分不开，仅广西壮族自治区就动员了 17 万民兵上前线。如果说解放战争中淮海战役的胜利是“支前农民用独轮小车推出来的”，那么说中越边境自卫反击战的胜利，是支前民兵用担架抬出来的也不为过。我采访的参战民众主要是来自广西壮族自治区德保县的民兵，他们紧密配合 41 军活动，部队打到哪里他们就跟到哪里，寸步不离。大炮越是响，他们越是活跃；枪声越是紧密，他们越是勇敢。民兵为前线部队送弹药、运给养、救伤员，和解放军并肩战斗，血肉相连在一起。德保县足荣公社民兵担架营冒着枪林弹雨转运伤员，渴得嗓子冒烟，嘴唇干裂出血，还要将自己水壶里的水省下来给伤员喝，肚子饿了也不吃自己的饼干，而留给伤员吃。燕垌民兵担架营

照片 7-7　广西德保县民兵跑步为 41 军火线紧急运送弹药

运送弹药途中受到敌人阻击，民兵排长赵平案英勇顽强，瞄准敌人的机枪手沉着射击，敌人应声倒下去了，运输队趁机迅速穿过敌人的封锁线，胜利完成任务。足荣公社民兵黄登成、杨宏日等四人抬担架从前沿阵地运送伤员到包扎所，敌人的炮弹打过来，他俩一同扑在伤员身上保护伤员。伤员保护住了，但是黄登成腰部、杨宏日腿部都被炸成重伤。黄登成顿时不省人事，昏迷过去了。半小时后被抢救过来，他首先询问伤员的安全。当同志们说伤员还安全时，他露出了微笑。33 岁的壮族女民兵隆美兰是龙州水口公社共和大队糖厂的工人，已是四个孩子的妈妈，几个孩子最大的五岁，最小的才三个月。她曾经在越南读过书，熟悉越南那边的地理环境人情风俗。2 月 19 日，她充当向导，带领 42 军 125 师部队攻入越南。她还曾发现一批越南武装人员化装成中国的民兵欲潜入我方，最后敌人被我军当场俘获。广西军区批准她荣立一等功。在中越边境自卫反击战中，民兵的鲜血与解放军指战员的鲜血流在了一起，他们的丰功伟绩也写在了八一军旗上。

中越边境自卫反击战我军最后取得了胜利，此战既教训了越南，也锤炼了自己，但是我军也付出了沉重代价。有的部队打的是“无准备之仗”，损失不小，上百人被越南军队包抄当了俘虏。这一严峻事实与“文化大革命”不能说没有关系。我耳闻目睹了人民解放军经历的“文化大革命”，领导机关受到严重冲击，对部队失去了领导指挥权威。部队放松军事训练，更谈不上更新换代武器装备了。这次惩戒越南之战，中央的决策是“用杀牛的刀杀鸡”，也就是说

照片 7-8　中越边境自卫反击战后，东线兵团总指挥许世友（前左）和中央慰问团赴广西团团长王震（右）看望参战部队

照片7—9　55军163师副师长李万余（左），向全国人民代表大会副委员长、中央慰问团副团长曾志（右前第一人）汇报战况，慰问团受到胜利的鼓舞

不可轻敌，有人当时还提出异议，然而事实证明人无远虑必有近忧，国家民族又何尝不是如此。

我回到北京后，收到陈全钢父亲陈家义先生寄给我的一封信。陈老先生说我为他们全家留住了一张难能可贵的照片，并使得全中国人民知道了他儿子的英勇作战事迹，他感到光荣，并向我表示感谢。他还讲述了陈全钢的童年和目前的家庭状况。陈全钢毕业于广西灵川县潭下高中，品学兼优，被选任学生班干部，1974 年加入中国共产主义青年团。他一心想当一名解放军战士，曾三次报名参军，终于在 1977 年冬天体检合格，1978 年 3 月被批准入伍，分配在 41 军 123 师 368 团当兵。他勤学苦练，成绩斐然，被战友们誉为“神枪手”。2 月 26 日下午，在对越自卫反击战的八姑岭战斗中，陈全钢带领全班战士奋勇杀敌，在抢救两名伤员时，中弹牺牲，年仅 20 岁，部队给陈全钢追记一等功。陈先生问我，报上登的是“孤胆英雄”，怎么变成了一等功？问我能不能帮助他打听一下。我也狐疑了。我在照片说明中写他是“孤胆英雄”，是形容他深入敌群英勇战斗，消灭敌人，我没想到这会涉及立功受奖的等级。部队中指战员谁该立什么功，记者应当是局外人，不大好表态，以免影响公允。我迟迟不敢回复陈先生的信，可是这又是一件大事，怎么才能安慰老人家的心，我心中一直忐忑不安。到了 9 月，中央军委正式授予陈全钢“全国一级战斗英雄”称号，我心里压的一块石头才落了地。陈全钢葬于广西壮族自治区靖西县烈士陵园。陈家义先生是壮族，夫人王玉珍是瑶族，两位都是教师，身体都不大好。陈全钢是他们唯一的男孩，全钢还有三个妹妹皆未成年。他们是我经常想起的一家人。

附录 | 向北平进军

1948年10月25日，新华通讯社发布了一条罕见的新闻消息："确悉：当我解放军在华北和全国各战场连获巨大胜利之际，在北平的蒋介石和傅作义，妄想偷袭石家庄，破坏人民的生命财产。据前线消息：蒋傅军决定集中94军3个师及新2军2个师经保定向石家庄进袭，其中94军已在涿县、定兴间地区开始出动。……华北党政军各首长正在号召人民动员起来，配合解放军，坚决、彻底、干净、全部地歼灭敢于冒险的敌军。"

在这一大的历史形势背景下，我开始了军旅生涯，从事新闻摄影报道工作，一干数十年。

1948年秋天，我在华北军区政治部画报社学习战地摄影采访。由于国民党军队来势汹汹，画报社全体人员随军区机关从平山县的孟岭村向井陉县转移，行军的路上石少华主任把学员陈英、梁俊杰和我三人叫去，说组织决定分配我们去冀中 7 纵队工作，现在就出发，不能耽搁，前线战事紧张。他接着说，7 纵队正在石家庄一保定一线阻击傅作义的军队。7 纵队向军区要摄影干部，组织上决定分配我们三人去，介绍信写好了，我们自己带着。我有些懵懂，事情发生得太突然，刚刚学习了一个多月，有些功课还没学，但是服从工作分配是军人必须做到的，而且又是党中央机关受到严重威胁的时候。我们三人都表示服从组织分配，于是星夜徒步赶到井陉县的微水火车站。我们到达时，火车刚刚开出站台，站长向我们说了一句：“你们跑还追得上，现在火车开得特别慢！”我们只得继续步行往前赶路。石家庄街上无人，一座空城冷冷清清，连吃饭的地方都找不到，只得往东继续急行军到无极县。找到一个村子吃了“派饭”，然后赶到饶阳县冀中军区所在的村庄，向军区组织部交上介绍信。我被分配到 7 纵队 20 旅。军区的同志告诉我们，蒋介石、傅作义军队偷袭石家庄损兵折将，已经落荒而逃，回北平老窝了。我军上演了一出近代版的“空城计”，我们三人如释重负，就分别找自己的部队去报到。

我背着小背包一人独行，一直往北走向高阳县，肚子饿了就到沿路村子里找村干部吃“派饭”。解放区的“派饭”制度形成已久，可追溯到抗日战争时期。过往的军队零散人员和地方干部，到了吃饭的当口就被村干部分配到农民家里吃饭，把晋察冀边区政府发的饭票交给主人，和农民一起吃饭。农民用收到的饭票顶替交公粮。伙食好坏全凭主人家境状况，殷实一些的户吃得好一些，困难户吃得差点。冀中地区是老根据地，对给八路军（解放军）“派饭”，大米白面是没有的，大多是煮地瓜和杂粮面窝窝头，玉米面是上等的了，萝卜、白菜也少见，寻常是萝卜条咸菜，红薯叶掺上点杂粮蒸熟，大葱蘸酱，白开水下饭。群众对过往的解放军都热情接待，把解放军当作自己的孩子。倘若你深入了解，几乎家家都是军烈属。他们会把自己家里最好的东西拿出来做“派饭”，现今实在找不出来好吃的，家家户户一贫如洗。经过八年抗日，村村户户都遭遇过浩劫，由富变穷，更甚者家破人亡。加上近三年来国民党军队对冀中腹地的封锁破坏，原来富饶的华北大平原陷入贫困交加、民不聊生的境地。我由饶阳县牛村越过滹沱河去高阳县的路上没有同伴搭话攀谈，一个人单调地向前走着，不由得回忆起童年的生活境遇。

我生长在冀中的腹部地带肃宁县，处在饶阳、高阳、河间、蠡县之间，周围几个县的经济状况和人文环境不相上下，大同小异，又都是共产党八路军最早开辟的抗日根据地。冀中平原，土地肥沃，人口稠密，1939 年的时候人口比陕甘宁边区还多两倍。物产丰富，交通发达，河流纵横，有滹沱河、大清河、子牙河等贯穿境内，有白洋淀，富产鱼虾螃蟹苇藕，湿地文安洼润泽大地。辽阔的华北大平原，放眼望去连个小山丘都看不到，尽是平坦的原野，一望无垠。春、夏、秋三季村庄都被树木掩映着。那时小镇上有商店和摊贩招徕生意，各县城商铺鳞次栉比，大一点的村镇每隔五天就会有一次集市，物流交换，观看杂耍。高阳县有无数织布工厂，大多数人都能穿上细布衣服，衣不蔽体的人很少见到。农民的主食以玉米、高粱、谷子为主，加上其他杂粮充饥果腹。富裕人家吃小米白面。“七七事变”后，日本发动全面侵华战争，冀中成为敌我双方争夺的重要战场。冀中人民与八路军并肩作战，不怕流血牺牲，克服艰难困苦，为坚持华北抗战出尽人力物力，做出了巨大贡献。定县、饶阳、肃宁、蠡县、任丘、安平、河间等县成为抗日根据地的先进模范县。冀中平原是八路军战斗成长的根据地，也是苦难人民奋斗的原野。揆古察今，冀中地区既有诸多不堪回首的灾难，又是英雄辈出的故乡。日本鬼子在冀中“扫荡”，吃了败仗就立即对附近村庄进行烧杀报复。敌人在定县的北疃村屡次被游击队击退，数百敌人被击毙，包括一名日本侵略军大队长。1942 年 5 月 27 日早晨，日本鬼子和汉奸伪军 2000 多人包围了北疃村。敌人发现了地道，将通往村外的洞口破坏。日寇竟使用“毒瓦斯”，向洞内施放毒气。地道内的人们咳嗽声、喊叫声连成一片，口干舌燥胸膛发烧，人们明白是中毒了。当时大家认为尿能解毒气，互相要尿喝，由于一天多没有吃饭、喝水，谁也解不出尿来。这种窒息性的毒气使人痛苦不堪，大多数人撕掉身上的衣服，有的抓破了胸膛，许多人中毒而死。日军在这个村子杀死男女老少 380 人，30 户人家灭绝，8 户人家只剩下 1 个孩子。村里的两口饮水井被尸体塞满。日本侵略军的罪行，其残暴程度古今中外罕见。每当想起这些，我即情绪激动，无比愤怒。1939 年 3 月 20 日，日伪军 2000 余人侵占我的家乡肃宁县城，将西关店铺洗劫一空，又闯入各家各户搜查掳掠。我祖父本是一个小儒商，喜欢收藏，但遭此劫难，我家的书籍字画被撕破践踏，仅留得一方端砚，至今我尚保存着。日本侵略军司令官冈村宁次在冀中“五一”大“扫荡”中亲自指挥，实行极其残酷的烧光、杀光、抢光的“三光政策”，采取各种惨无人道的手段，抓民夫，拆老百姓的房屋，砍掉各村所有的树木，修筑岗楼、碉堡、公路，挖掘封锁沟以阻挡抗日军民活动。我14岁那年，两次被日本兵抓去修炮楼，还自带吃的充当劳役，谁逃跑就开枪射杀，非死即伤。日本侵略军对占领的县城周围村庄横征暴敛，强征五年的赋税，竟然还绑票敲诈勒索。我身历其境目睹其情，看见两个日本兵换上中国人的衣服，将甘河村一户农民的黄牛牵走，给了钱方才赎回。当时我年幼无知好奇地跑到跟前看热闹，被一个日本兵用枪托一顿毒打，身上被打得青一块紫一块。我家成分是下中农，七亩旱地又缺乏劳动力，常年歉收，饭都吃不饱。母亲为了我们有口吃的，把祖上传下来的铜脸盆、过年用来插蜡烛的铜焟盏都拿去变卖换粮食和向保长交捐税。我之所以投身共产党领导的中国革命事业，一是因为家乡是老根据地老解放区，那里参加革命队伍的氛围浓厚，二是民族仇个人恨的感情积淀，保家卫国成为我童年时的心愿，不受列强欺侮这一信念深深埋在我心灵深处。

天高云淡，我继续往北行，一路寻找20旅部队，道路是熟悉的，乡音是亲切的，但是人们的面孔是憔悴的，乡亲们的穿戴比起我童年时候破旧了许多。从一个村庄走到另一个村庄，看不到树木，房屋失修，一派破败景象。童年印象中的故乡哪里去了？何时才能恢复往日光景？日本帝国主义毁坏了我们的美好家园！此恨难消，此仇要报！日本法西斯被打败了，侵略者得到了应有的下场。中国人民希望从此过上太平的生活，不再受帝国主义、封建主义、官僚资本主义三座大山的压迫和奴役，但树欲静而风不止。现实生活又再次教育了冀中人民。目前蒋介石、傅作义偷袭石家庄就是给我们上的一堂政治历史课。日本投降以后，蒋介石在美国武力帮助下向共产党八路军领导的根据地发动了进攻。地处平津保三角地带的冀中地区首当其冲。1948 年 4 月，傅作义派部下悍将鄂友三率领骑兵 2000 多人奔袭冀中大城县、任丘县、河间县，对中共冀中区党委机关驻地河间县黑马张庄进行大肆抢掠。黑马张庄是一处回民集居处，离我的老家只有 20 里路程，我童年时为挣钱贴补家用曾为粮食贩子推小独轮车到过那里。鄂友三匪帮沿途杀人越货，焚烧棉花厂、铁工厂、家庭作坊，在任丘县烧毁粮食 60 万斤。当年 60 万斤粮食多么可贵！能救活多少人呀！匪首鄂友三撤离黑马张庄时还留下字条，说他还会来。

我在高阳县沙窝村寻到了部队，旅政治部组织科把我分配在宣传科，职务是摄影干事。已是初冬季节，全旅正在补充新兵，教育解放战士，更换新武器装备。我很惬意，青年人的心总是热的，我可以用照相机在战场上与敌人面对面地战斗了。时值革命烈火熊熊燃烧的年代，我要记录英雄们的壮举，记录历史的瞬间，拍下我目睹的画卷。

到 1948 年冬，人民解放军战斗力已经强过敌人，指战员战斗意志愈益高涨，打倒蒋介石解放全中国的求战情绪更加浓烈，国民党蒋介石军队的败迹已显露出来。20 旅刚刚在京汉铁路线上打完阻击战，配合华北野战军主力完成了保卫党中央的任务，守住了石家庄，受到上级的通令嘉奖。部队补充整训任务刚刚开始。11 月初忽然接到命令，急速向西行军，参加围攻河北省会保定的战斗任务。11 月中旬，平津战役的序曲奏响了。我们 20 旅第 58 团、59 团两个主力团任务是在保定北面阻击北平方向可能来的驰援之敌。我跟随第 60 团攻打保定北关。60 团战士大多是来自保定清苑县一带的农民，很多人原来是游击队员，长期与保定国民党驻军刘化南部队作战，游击队员吃过不少亏，有的家人还被抓去做人质，遭刑讯、杀害。刘化南的部队多数是由日伪军收编而组成的，从皇协军摇身一变而成为国军。刘化南被傅作义委任为暂编 32 师师长兼保定市的警备司令官。我们的干部战士新仇旧恨不打一处来，求战情绪高昂，士气高涨，都愿参加突击队、爆破组，消灭保定这伙双料汉奸伪军。不久前，傅作义来保定视察时说，保定的工事和兵力比当年他守涿州时更加易守难攻，鼓励刘化南说：“涿州我守了 3 个月，保定你可以守 3 年。”这真是痴人说梦，口吹牛皮。

11 月 13 日晚，战斗全面打响，我军迅速冲进第二道市沟。它是围绕保定的一道巨大的军事工程，距离城墙约二里，宽约 10 米，深 7 米，引水即成护城河。当时市沟是干涸的，战士们快速地在背向城墙的一面挖掘许许多多猫耳洞，有的大有的小，作为隐蔽藏身工事。由于我拍照片不时地往外跑，还要躲避敌人的炮弹爆炸，体力实在不支，上气不接下气，汗流满面，于是就躲进了营指挥所小憩，这是一处在市沟内背向城墙挖的大一点的防炮洞。由于心里比较踏实，我不知不觉就睡着了，也不在乎敌人炮弹打过来的响动。等我睁开眼，一营教导员马志谦对我笑着说：“孔干事是老八路？胆子不小啊，在这里还能睡着觉。”我发愣看了看周围，其实这是我第一次参加近战，人太疲劳了，此时此地合一下眼比什么都觉得满足。我告诉他我是个新兵，第一次参加战斗。他笑了。我第一次战斗洗礼算是过了关，内心很是得意。

在对北关敌人的地堡逐个爆破得手以后，11 月 19 日黄昏，我和前卫排冲到距离城墙不远的地方，城墙上敌人一排六枚迫击炮弹打过来，在我们周围爆炸。排长命令赶快后撤，说地形对我们不利，就在这个时候，一名战士中弹倒下。我的任务是摄影，夜里没办法照相我清楚，但有一股劲驱使我去靠近城墙和战士们一块战斗，体验一下火线上的真实感受。战士们特别喜欢摄影记者，既仗胆又荣耀，这是最好的政治鼓动工作。老记者告诉我说，如果战后有照片送给他们，那是最高的奖赏。返回营部，在我身旁负伤倒下的那位战士还没有转移走。我凑近他，他颤抖一下嘴唇，没说出话来，眼眶内噙着泪花。我百感交集，心中一阵酸楚，想起“出师未捷身先死，长使英雄泪满襟”的诗句。一想到战斗尚未结束，他就负了重伤不得不离开战地，暗自为他惋惜。其实战场上瞬息万变，情况难以想象，壮志未酬就倒下了的人多的是。

20 旅旅长刘秉彦来到了阵地上鼓励干部、战士，表扬他们勇敢，尤其是打敌人地堡有新战术，逐个彻底消灭，祝贺他们取得的胜利。

刘旅长看我也在前沿阵地上，很高兴，勉励我好好工作，多照几张照片，并且说道：“这是当今历史，离开这个村就没有这个店了，应该多拍照作资料。”刘秉彦旅长给了我诸多启示，在这样的首长领导下工作，心里愉快踏实。

经过数天战斗，保定攻坚战已经毙伤敌人1000余名，俘敌300多，缴获了大量武器弹药，占领了飞机场，还缴获了两架美式战斗机，保定东、西、南、北四关和火车站都被我军攻陷，敌人猬集在城内尚未敢反扑。

11月22日，盘踞保定三年之久的国民党刘化南部队，在北平之敌接应下，弃城逃跑。根据上级的命令，不对向北平逃跑的敌人穷追猛打，放他们进北平，促使北平成为提不起滚不动的大包袱。保定解放了，当日下午，以7纵队司令员孙毅为主任的“保定市军事管制委员会”正式成立，工作人员入城办公。

20旅开进到保定东郊一带村庄休整待命。宣传科长孔祥辞通知我，旅长去保定北关察看战场地形，要我去拍照片。刘旅长和参谋人员骑马小跑，我骑自行车在后面紧追急赶。顺便补充一句，冀中军区虽然是二级军区，但是很重视摄影工作，每个军分区和部队旅级单位都配备一名摄影员，编制在政治部宣传科，职称摄影干事。最令人羡慕的是每名摄影干事配发一辆自行车，便于行军和迅速传递照片，好的照片还会刊登在《冀中画报》上。摄影干部这点特殊待遇使得许多其他参谋、干事羡慕不已。

刘秉彦旅长在马上观察攻克的地堡工事布局和被破坏的程度。

他的坐骑忽然受到惊吓，猛然尥蹶子，将旅长摔下马来。我们都很紧张。旅长从地上爬起来，说了一句“常骑马惯跌跤啊”。他人没受伤，随行人员才放心了。那一天晚上我们一行住在保定城内冀中军区招待所，这里原来是河北省第四模范监狱，里面房间很多，经过收拾整理，住人还算舒适。晚饭过后，旅长问我今天相照得怎么样，我回答他是按他的指示照的。他很高兴，并且说听我的口音和他是同乡。我们俩的确老家相距只有二三十里路，但是两个县份，他家在蠡县，我是肃宁人。他看了看我的照相机，摇了摇头说太破旧了，而且说：“以后打仗缴获好照相机给你换换。”说他上学时喜欢摄影，还自己冲胶卷放大照片，掌握了一套新技术，有了工夫可以教给我。刘旅长平易近人，关心部下，我颇受感动。

辽沈战役之后东北野战军悄然进关，平津战役拉开了大幕。华北军区第7纵队乘胜北上，对北平实施战略大包围，防止傅作义60万大军东逃西窜，也唯恐他们狗急跳墙南下。每位指战员战斗情绪都十分高涨，“打倒蒋介石，解放全中国！”的口号响彻华北大地，操场上喊的口号、墙上贴的大标语都是这句话，让人耳熟能详。好像明天全国即将解放，倘若参加不上打北平，将会终身抱憾。在革命烈火燃烧的年代，从胜利走向胜利的日子里，谁都不肯落后于时代，人人都感受到紧迫在即。在固安县解放北平战前动员誓师大会上，20旅59团1营营长刘喜勤咬破手指带头写请战血书，要求上级在攻克北平城战斗中给予他们营艰巨的任务，保证完成。刘喜勤是河北省冀中人，身板敦实，中等个头，浓眉大眼四方脸。大会上那一激动人心的情景给我留下深刻印象。当时我也非常激动，从未看见过这样的感人场面，我把一筒胶卷（16 张）都照光了。

部队蹚过大清河，越过拒马河，插向京西南房山县。房山县城东西南北各一里长，有四座城门，城墙为方石砌成，上设哨所 40 多个。城外有护城壕，深 15 尺，宽 20 尺，壕沟内的水四五尺深。12 月 12 日拂晓，20 旅赶到房山城下，和兄弟部队对县城实施了包围。20 旅旅长刘秉彦担任攻城总指挥，指挥部设在房山县城南五里的顾册村。房山守城部队为国民党河北省保安 33 团，有 1400 多人，团长张德祥。刘秉彦旅长当即致信张德祥，讲明当前形势，为使城内居民免遭炮火，要他立即率部放下武器，停止抵抗。张德祥老奸巨猾，回信说："房山地小兵薄，俟平津解放之后，不攻自降。"拒绝投降。

对房山城的攻打集中在城外三处，即城西制高点山顶庙、小山坡和城东北齐家坡，城东方向我军未布重兵，意欲驱使战斗力不强的房山之敌人逃向北平，加重北平守敌的负担，兵法贵在不战而屈人之兵，一旦各路兵痞麇集一处，很容易发生内讧。12 月 13 日上午，我参加了 58 团 2 营攻打齐家坡的战斗，前沿指挥为营长赵修直和教导员蒋志宏，2 营战斗序列是 6 连攻坚，4 连二梯队，5 连为预备队。齐家坡距房山县城一里地，有敌人两个连把守。上午 9 时战斗开始，先是迫击炮直落向敌人碉堡群，紧接着两门山炮平射，炮弹直穿敌人炮楼，我拍照片时离得太近，被震了个筋斗，照相机快门什么时候按下的我也不知道，后来冲洗出的照片有当时的气氛，但是不大

照片附 -1　华北军区 7 纵队 20 旅 58 团攻打房山县齐家坡敌人据点，2 营 4 连爆破组手提炸药包冲向敌人碉堡群

清晰。敌人顽强抵抗，6连突击队战斗受挫，部队伤亡大，减员过半，撤回来的不足20人，我和营部人员被困在一处洼地，没吃没喝的等到下午。

58团志在必得，要出奇制胜，又给2营加强了炮火，下午2时战斗重新开始。敌人的兵员大部分是强征来的壮丁，但是其中也有一些自愿来的地主子弟，妄图打回家乡去，收回被分了的土地房子。这些人对根据地实行土地改革政策不满而逃亡到蒋军阵营，他们对人民解放军和贫下中农抱有深仇大恨，被叫作“还乡团”，战斗力不强，可是冥顽不化，比较难对付。北平周围县份有很多“还乡团”活动，专事抢劫绑架，对家乡的群众进行报复，无恶不作。这帮人的共同特点是反共反人民，进行阶级报复。傅作义对“还乡团”的对策是都收容，有一定的利用价值，反共反人民的事情放纵他们去干，但是不允许他们进北平城，以防哗变造成后患。我军围困北平城肃清周边杂牌武装，其中“还乡团”就是一块又臭又硬的绊脚石。蒋志宏教导员和突击队一起冲进敌人工事内大喊：“放下武器，缴枪不杀！”敌人看到防御工事彻底垮了，保住性命要紧，于是纷纷举手投降了。下午3点多战斗结束，顽匪一个连100余人无一漏网，除掉被打死的全部被俘。我军缴获机枪4挺，步枪手枪80多支，子弹3000多发。打扫完战场，部队开往四里远的羊头岗村休整。

13日当天晚上，我又跑了十几里路到达房山县城西南的旅部前沿指挥所。旅长刘秉彦亲自指挥攻打小山坡，他的指挥部隐蔽在视野比较宽阔的一个壕沟工事里，观察敌人阵地一目了然。旅长见

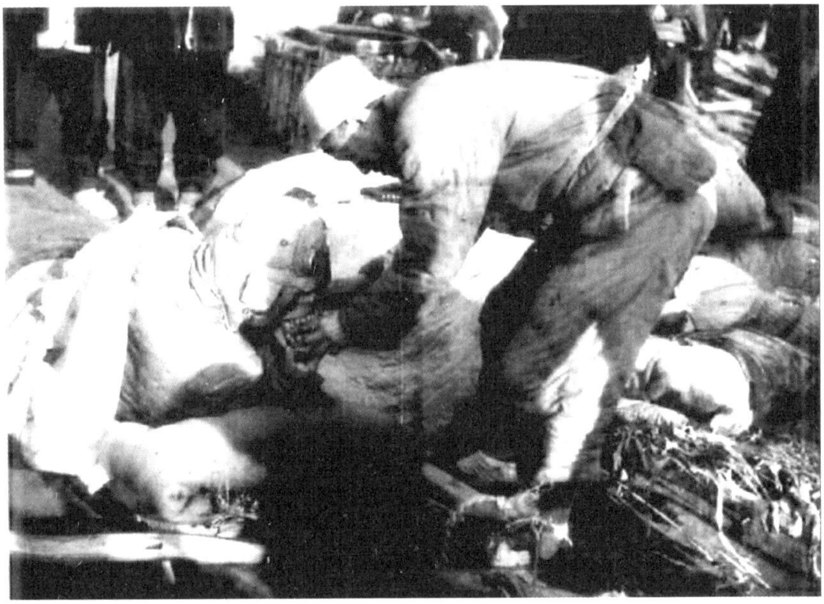

照片附-2　在平津战役中，冀中组成了50多万人的支前大军，动员大小车辆32万多辆，牲口25万多匹。图为冀中安平县随军民工为攻打房山县齐家坡负伤的战士护理喂饭

我也赶去了，叫我站在他旁边，还说了句：“晚上不能照相，遗憾！”我赶忙躲到远一些的地方去，免得妨碍旅长指挥战斗。攻打小山坡的前沿部队由59团1营营长刘喜勤指挥，晚9时战斗开始。此时，在夜幕掩护下，1连战士先从西面佯攻。当敌人集中火力对付进攻时，山炮开火了。两发炮弹命中敌军炮楼，敌人一片慌乱。我听到刘旅长喊了一声：“好！”我们周围的人也非常得意，但没有人出声。另一股部队突然从西南面发起了攻击，和敌人拼起了刺刀，敌人开始向房山城内逃窜。山顶庙上的守敌见大势已去，没等我军攻击就从据点里逃出奔入县城。至此，敌人房山城外围的三处重点防御点——小山坡、山顶庙、齐家坡全部被我军攻占，使得房山县城成了一座孤岛。团长张德祥是一个既爱财又惜命的人，不顾上头要他杀身成仁也要死守房山县城的命令，于12月13日午夜，伙同国民党党政官员及保安队1000多人，急忙向北平方向逃去，房山县城解放了。

那个年代一天等于20年，朝夕难分，瞬息万变。部队突然接到华北军区十万火急的命令：7纵队全军立即开拔，取捷径于15日拂晓进至北平以南之黄村、庞各庄地区，不惜一切代价，坚决阻滞可能由铁路向天津撤退之敌，不得使其逃脱。敌人为了防范我军对北平的包围，将永定河上原有桥梁炸毁，情况对我军不利。我7纵21旅通过永定河时没有舟楫，强行泅渡。当时水流湍急，冰冷刺骨，部队又多为北方战士，不谙水性，一下子淹死30多名干部战士，酿成了一桩既可歌可泣又令人惋惜的悲剧。纵队首长派工兵营赶来搭起浮桥。我们在永定河边上看着工兵搭桥心里着急。简易原木桥搭就，19 旅、20 旅的部队快速通过。经过一天一夜的长途奔袭，20 旅占领北平南面的固安县庞各庄和魏善庄大片地区。大军所到之处如摧枯拉朽，敌人作鸟兽散。我在庞各庄观察周围环境时，还缴获了还乡团的两辆自行车。我把车子推到旅部副政委兼政治部主任刘洪涛首长面前。刘副政委挺高兴，指示他的秘书留下那辆新一些的英国凤头车子，并且指示旧一点的（德国蓝翎牌）车子可以给我换用。我鸟枪换炮了，原来的那辆旧自行车交公，我乐不可支。20 旅不顾疲劳，连续作战，人人精神抖擞。12 月 15 日晨，为了同东北野战军 10 纵队会师，合围北平之敌，刘秉彦旅长带领部队跑步前进占领了平津铁路上的廊坊车站，又配合地方武装打下了安次火东站，接着又马不停蹄挥师西进，经黄村打进南苑飞机场，消灭了国民党军一个守备连，缴获飞机 13 架、汽车 20 辆。我军在南苑飞机场战斗较容易得手，与国民党北平守卫城南的 92 军军长黄翔指挥思想有关。黄翔虽然是黄埔军校七期毕业，属国民党嫡系，但他不愿意再为蒋介石打内战，所以在解放军强大攻势面前出兵不出力，多方策应，保存实力。后来黄翔拒绝了蒋介石要他们一批高级将领乘飞机回南京的要求，而是留在北平参加了傅作义北平和平解放的义举。新中国成立以后，黄翔背上照相机云游全国，观山玩水，乐不可支。

到 12 月 20 日，东北野战军与华北军区部队完成了对北平的包围。部队传达了中共中央对北平傅作义的对策，一是打，二是谈，

照片附 -3　20 旅在北平南郊固安县一带布兵警惕，防备傅作义军队南逃。这是高射机枪阵地，用以对付敌军的坦克和飞机

照片附 -4　东北和华北两大野战军对北平已形成铁桶般的包围。部队广泛开展了攻坚演练比赛活动，并写在活动快报上插在工事旁边，表达决心，决战决胜

但是对北平城要“保护”，攻城时必须保护城中古老建筑物不受炮火之灾，尽可能不打扰城内百姓的日常生活。同时，傅作义守城部队也不敢扩大饥民的问题，北平学生已经多次闹学潮反饥饿反内战，如若市民也闹起饥荒，后果不堪设想。所以敌我达成了某种默契，每天早晨太阳升起，傅作义守军把城门打开，允许在瓮城内开辟小菜市。北平的瓮城是内城门外再建一小城圈，在内城门关闭期间，瓮城的外门可以打开，允许人们进入瓮城，关闭瓮城门后，再打开内城门通行人畜，以提防敌军混入。北平守城的士兵搜查菜农，没有带武器就允许进入瓮城卖菜。等候瓮城里买菜的人群回到城内后，就关闭城门，然后再打开瓮城外门让菜农出去。菜价涨得很厉害，菜农们除了银圆、铜板，拒收一切纸币，国民党发行的法币、金圆券已形同废纸，竟以斤两计价，听来真是匪夷所思。围城期间另一道景观是难民潮，川流不息的北平人涌出城门，络绎不绝向南走去，扶老携幼，有的跑单帮，穿着都是城里人模样，长袍马褂，短袄旗袍，对解放军围城并不太害怕，漠然处之。他们所以离开北平，是担心和长春一样遭长期围困，没吃没喝，进而坐以待毙。何况他们的家乡大都是老解放区，对共产党的政策都有所了解。哨兵对出城的人群不阻拦不查问，听之任之。国民党军队这样做也是为了减轻北平的市政负担。

围城期间，我军各部队不畏天寒地冻，日夜抢挖作战工事，防止敌人向南逃跑。蒋介石、傅作义也各有打算，准备从东、西、南三个方向选其一，撤离北平偏安一隅，然后重整军备再反攻复辟。

南路也就是穿过河北冀中地区，再经河南、安徽过长江。另两路逃跑路线是东去天津塘沽从海上溜走，或是西窜绥远，回到傅作义发迹的老家河套地区重整旗鼓，再从当年的福地中兴军阀事业。

此时东北 5 纵队和华北 7 纵队已经划分了攻城地段，以前门大街为界，以西为东北 5 纵队 (42 军) 攻城地段，以东为华北 7 纵队攻城地段。20 旅全部人马修筑工事，还在固安城头进行了一次爆破城墙的实地演练，用上吨的炸药把城墙炸出一道大豁口，汽车可以开进城里去。部队里人人摩拳擦掌，准备攻城。此时万事俱备，就等中央军委一声令下了。

傅作义在与解放军关于和平解放北平的谈判过程中，提出了许多不切实际的条件，使北平不战而和受到拖延。到了 1949 年 1 月中旬，傅作义赖以起家的主力部队第 35 军两个师，在平绥铁路线新保安被我军歼灭，把守张家口地区的七个师也被围歼，这就堵死了傅作义西向绥远逃回老巢的通道。1949 年 1 月 14 日，我军对拒绝投降的天津守敌发动总攻，经过 29 小时的战斗，全歼守敌 13 万人，俘获警备司令长官陈长捷。傅作义从海上乘船南下与蒋介石再合伙的梦幻从此破灭。

北平城被东北、华北两大野战军团团包围，南苑飞机场被我军占据，北平当局临时在城内东单牌楼附近的广场上与天坛大庙旁修了两处飞机场，实用价值很小，大飞机无法起降。除了进行和平谈判，傅已别无出路。在北平地下党和民主人士的有力促进下，经过艰难的谈判，傅作义终于率领25万军队接受人民解放军改编。1月22日，

照片附 –5　平津战役中，华北 7 纵队 20 旅 58 团用炸药对固安城墙进行了实地爆破演练。战士们摩拳擦掌，只待一拼，誓死解放北平城

傅作义的部队开向城外集结，接受整编。

1949 年 1 月 30 日，我东北野战军 42 军在群众的欢呼声中进入北平古都，通过了前门大街、东交民巷，举行了入城仪式。北平宣告和平解放，平津战役胜利结束。

我们 20 旅回师保定，驻在保定市东郊闫庄附近几个村庄。每天早晨，旅部机关司令部和政治部的参谋、干事都必须出操练兵，准备南下参加解放全中国的战斗。带领我们出操发号施令的是司令部管理科长，科长身材魁梧，腰板挺直，口令干脆响亮。我们宣传科文字记者赵忠信告诉我，张科长身上的故事很多，就是不接受采访。他原来在刘旅长家里当长工，刘秉彦参加抗日工作离开家乡组织地方武装，父母不放心又阻拦不住，于是分派他家的长工做儿子的保镖，就这样一起参加了革命队伍打日本鬼子。张科长没文化，但是他作战勇敢，为人好学，现在已经是位响当当的军事领导干部了。可谓“十年河东，十年河西”，穷人革命翻身做主人了。我对这个故事充满好奇和兴趣，于是开始搜集刘秉彦参加革命的事迹。眼前发生的一个故事更为精彩。一天，华北军区作战处请刘旅长到北京饭店谈工作。刘秉彦汇报工作期间瞥到一个人，说：“此人叫马学刚，是个特务。”作战处长一愣，问道：“你怎么知道？”原来，抗日战争时期刘秉彦在冀中军区第十军分区工作，马学刚当时也在十分区工作。当时的军分区司令员朱占奎叛变投敌，就是由马学刚策反牵线投靠日本鬼子的，刘秉彦一清二楚。马学刚原是燕京大学学生，脚上负过伤，是个瘸子，今天恰巧碰到记忆力很好的刘秉彦，隐藏得再深也难逃他敏锐的眼光。刘秉彦是河北省蠡县人，地主家庭，少年时理想远大，抱负超凡，1931 年加入中国左翼作家联盟，1934 年在北京大学学习，参加了“一二·九”反日救国学生运动，上了国民党宪兵队头子蒋孝先的黑名单，受到通缉，被迫回到冀中家乡躲避。根据党组织的安排参加武装斗争，投笔从戎。1939 年加入中国共产党。1942 年五一日本鬼子对冀中地区进行残酷扫荡，八路军吕正操等率领的主力部队转向外线作战，刘秉彦留在当地领导游击队在内线作战。1943 年以来，冀中抗日斗争形势逐渐好转，刘秉彦带领一支游击队，以白洋淀东面的文安县湿地中的芦苇荡为立脚点，建立根据地政权，迅速壮大了武装力量，恢复了平（北平）津（天津）保（保定）三角地带的抗日根据地，重建了冀中军区第十军分区范围内的军政组织，刘秉彦担任中共地委书记、军分区司令员。他不但善于发动群众扩大抗日武装队伍，更擅长做敌军的工作，抗日军分区的电话可以打到伪军的据点里去。他曾经调遣伪军一批中小队长到芦苇荡中去接受抗日宣传教育。刘秉彦还曾经指挥两个连的兵力，换上日军军服，举着太阳旗，排成两路纵队，挺入天津市西郊杨柳青镇，消灭了当地警察局和一小队日军。

革命战争年代，形势千变万化，部队打了胜仗要扩充编制增加人员，打了败仗受了损失要缩小编制，所以干部调配十分频繁。中央军委在 1948 年 11 月 1 日发出通令，对全军的组织编制、番号做了统一规定。野战部队的纵队改称为军，原来的旅一律改编称为师。华北军区所属的第 7 纵队 20 旅改称为第 69 军 205 师。我被调到206师政治部宣传科当干事，还是搞摄影报道工作。1949年9月下旬，华北军区通知每个师派人去北平领取幻灯机，使用形象工具宣传教育部队。我们科长杨子明指示我去领取，并嘱咐好好学习使用幻灯机，回来教徒弟。这是件美差，而且过两天是10月1日，在北京要举行开国典礼仪式，真是千载难逢的机遇，我如果能看到新中国成立的开国大典，该是一生中多么荣幸的事！我向科长讲了我的期盼，他点头同意，一再嘱咐我一定把领取幻灯机的任务完成好。我向他再次表示保证完成任务。

保定火车站验证了我的军人通行证，上了火车半天就到了北平前门火车站。北平解放以前，由冀中的高阳县徒步行军到北平南郊，我们急行军还走了两天，火车真是个好交通工具，感觉特别惬意。我下了火车乘有轨电车经天安门、西单，径直到华北军区驻地护国寺大街，门口有岗哨，很容易找到。军区的人看了介绍信以后，把两个木箱子交给了我。我请教怎么用，他说幻灯机用起来很简单，用不着学，说完不由分说就送客。我雇了辆洋车把幻灯机拉到前门外西河沿总政治部招待所，打开一看，是简单好用。我把木箱再钉好，写上保定部队番号，收件人写上我的名字，搬到前门火车站托运了，等我回到保定再去取出，一切都非常顺利，只是车站货运员说，快件应该当天取走，我拖延了两天，他也不收我的保存费了，我赶紧谢了他。

再说1949年10月1日那一天我的亲身经历。北京早晨阴天，还下了小雨。9月30日晚上我早早上床睡觉，但是辗转反侧，高兴得就是睡不着，头脑中总是浮想联翩：童年时逃荒躲避日本鬼子，灾荒年月参加“拉拉队”吃大户，土地改革斗争地主；行军打仗，战友流血牺牲，壮怀激烈。画面像幻灯片一样一幅接一幅闪烁跳动。我为了尽快入睡，默念古诗词，不间断暗自数数，各种办法都试了但还是睡不着，干脆早早就从床上爬了起来。招待所原来是一处小客栈，部队临时租用的，房间小，采光暗，也没有院落，出门就是西河沿胡同。客人们都已经在门口等待这一天快点来临，市民们也都起得早，在胡同里互相闲聊，人人都喜形于色，打听游行什么时候开始，但谁也说不清楚。

参加庆祝活动的人都是有组织的，有人领导指挥，而我是散兵游勇，哪里也不许去，大街小巷都有岗哨，阻止人们乱跑。庆祝大会在天安门广场上举行尽人皆知，但何时开始就谁也说不上来了，传言“一会儿就开始，一会儿就开始！”。我悄悄转悠到箭楼西侧，到处都是想看热闹的人，有的老年人坐在板凳上等待，过了中午还是没动静，有些人拿起板凳回家吃饭了。我回到招待所吃了午饭又到箭楼东侧等着观看典礼活动，个人是不允许进入会场区的。前天，我想拍一张天安门的照片，被警卫战士拦住，只得收起照相机，懊丧地离开了天安门广场。

下午天放晴了，还是要等待。庆祝大会不会是在晚上吧？前天我曾经到天安门广场观光过，广场中间有甬道往南延伸至中华门。天安门广场被红垣墙圈着，有两人那样高，与外界隔开。今天正阳门(前门)、箭楼两旁的许多建筑物上都竖起红旗。“北平火车站”

的大牌子换成了“北京火车站”。有的店铺门脸上搭上长幅红布，虽然上面没有写标语口号，但它表明了喜庆吉祥的祝愿。等着看热闹的市民有人手中拿着五星红旗及其他彩色小旗，穿着比平时要干净利索一些的服饰。街道两旁观看热闹的人群中店员居多，长衫光头，有的人头顶黑色礼服呢瓜皮小帽，帽中央还缀上一颗琉璃珠子。前门地段回民较多，戴着小白帽，举着小旗，别是一般景致。人人都态度自在，笑脸相迎。拉洋车的伙计自己登上车子远眺，街上一派太平景象。

下午 3 点钟，忽然，天安门广场上的高音喇叭响了，庆祝中华人民共和国中央人民政府成立典礼开始。首先听到的是礼炮齐鸣 28 响，然后听到的是《义勇军进行曲》的雄伟壮阔的声音。

毛泽东主席宣布：“中华人民共和国中央人民政府成立了！”我心中不禁羡慕起红墙里广场上的人们，他们太幸福了。不过瞬间自己就解脱了这种思绪，自己这不是身在福中不知福吗！哪位战友能够有机遇在中华人民共和国诞生的日子就正好在北京？活着的战友，牺牲的烈士，抛头颅洒热血都是为了今天！我听到了开国大典的炮声，听到了毛泽东主席用湖南话宣布中华人民共和国成立的声音。我巧为骄子，该心满意足了。

军歌嘹亮，阅兵开始。我又回到箭楼西面的路边上，当然只能听声音看不到实景。下午 3 点半左右，人群中有人呼喊：“飞机来了！”人们都抬头拍手，仰起脖子向箭楼上方看，果然在我们头顶上方，三个“品”字形的飞机编队呼啸掠过，一共 26 架，大小不等，最多的是美国造的P–51型野马式战斗轰炸机。我认识这种飞机，在南苑缴获的就是这种飞机，几次行军中都是这种飞机对我们造成过威胁。此一时，彼一时，我的感情发生了突变，由过去对野马飞机的仇恨憎恶变成了喜欢和亲切。武器在谁手里，谁就是主人，武器就为谁服务，此情此景心中有着说不出来的高兴，我当时想：如果我们有一千架野马飞机该多好哇！

天黑了，天安门广场上开始燃放焰火，五彩缤纷，此起彼落，硝烟气味在空气中荡漾，有点呛嗓子。烟花的残屑飘落在箭楼附近。人们并不讨厌这些，还觉得挺好玩的。情绪跟着心境走，今天一切都美好起来了。此时广场外的警戒已经撤了，我跟随群众走进中华门，通过长长的甬道向北走去，只见人山人海，以学校有组织的学生居多，大家热情奔放，载歌载舞，我挤在摩肩接踵的人群里走向天安门。

我转悠到东三座门又折回来向西三座门走去。东西门间的长安街与广场连在一起，形成了个“丁”字形的大广场。新中国成立前北平的学生运动往往在这里举行，所以它驰名全国，甚至全世界。天安门广场北头正中竖起了一根很高的旗杆，旗杆上有一个金色的顶子，飘扬着五星红旗，不由得让人产生敬畏之心。红色的国旗上镶着五颗金星，它们是中国各界各阶层的代表象征，是成千上万为新中国奋斗牺牲的烈士用鲜血染红了这面旗帜。我们必须保护它永远迎风飘扬，保护它永远屹立不倒，保护它永葆青春。

参考书目

[1] 中共保定市委党史办公室编:《解放保定》, 河北人民出版社1970年版。

[2]林虎主编,于祯等人撰稿:《空军史》,解放军出版社2003年版。

[3] 杜平等著:《在志愿军总部》, 解放军出版社1989年版。

[4] 崔露编著:《我的1950年代: 上甘岭亲历记》, 长江文艺出版社1970年版。

[5] [美] 大卫·哈伯斯塔姆著:《最寒冷的冬天》, 重庆出版社2010年版。

[6] 柴成文、赵勇田著:《板门店谈判》, 解放军出版社1992年版。

[7] 内维尔·马克斯韦尔著:《印度对华战争》, 生活·读书·新知三联书店1971年版。

[8]《扬威集》, 内部发行。

[9]新华社分社编:《为保卫祖国而战》,宁夏人民出版社1979年版。

[10] 牛俊熙著:《无悔之路——我的回顾》, 内部发行。

[11] 寒原草:《高炮63师首批入越》(参考文章)。